Cuaderno de actividades

Mundo 21

Third Edition

Fabián A. Samaniego
University of California, Davis
Emeritus

Nelson Rojas
University of Nevada, Reno

Francisco X. Alarcón
University of California, Davis

Houghton Mifflin Company
Boston New York

Publisher: **Rolando Hernández**
Sponsoring Editor: **Van Strength**
Development Manager: **Sharla Zwirek**
Development Editor: **Sharon Alexander**
Editorial Assistant: **Erin Kern**
Project Editor: **Amy Johnson**
Manufacturing Manager: **Florence Cadran**
Senior Marketing Manager: **Tina Crowley Desprez**

Illustrations
Carlos Castellanos
Ruth Flanigan
Michael Lenn
Mark Heng

Printed in the U.S.A.

ISBN: 0-618-27581-9

123456789-CRS-07 06 05 04 03

CONTENIDO

TO THE INSTRUCTOR

Organización

The **Cuaderno de actividades** is organized by unit, by lesson, and by skill. Each lesson contains the following two main sections.

¡A escuchar!

This section contains student activity sheets to accompany the Audio Program, which includes listening comprehension activities; accentuation, pronunciation, and spelling practice; and grammar review.

¡A explorar!

This section provides guided activities, which offer a contextualized review of the lesson grammar, and extended writing practice. It also contains vocabulary practice activities for each lesson and a composition activity. The writing topics presented allow students to be creative, expressing their own opinions about some aspect of the cultural content of the lesson.

¡A escuchar!

The **¡A escuchar!** section consists of three parts: **Gente del Mundo 21, Cultura y gramática en contexto,** and **Acentuación y ortografía** (which in Unit 1 includes **Separación en sílabas** and in later units becomes **Pronunciación y ortografía**).

Gente del Mundo 21

In this section, students complete real-life listening activities based on one of the personalities studied in the **Gente del Mundo 21** section of the student text or listed in the **Otras pesonalidades sobresalientes** of the lesson. These activities review what students learned about the individual and often give additional information. Real-life listening formats, such as radio programs, TV news reports, or experts lecturing, are always used. Student comprehension is checked by using a *true/false* format.

Cultura y gramática en contexto

This section reinforces the lesson's cultural content and grammatical structures in context. A conscious effort is made to practice and recycle lesson functions, like narrating in present, past, and future time; expressing hopes and desires; and making recommendations. Illustrations are used throughout this section both to support listening comprehension and to make it more challenging.

Acentuación y ortografía / Pronunciación y ortografía

In this section, students complete a thorough review of accentuation, including exercises on syllabification, diphthongs, triphthongs, and homophony. The pronunciation sections focus on letter/sound relationships and provide extensive listening and writing practice with words that are difficult to spell, using combinations such as **b/v, c/s/z, q/k, g/j, ll/y, r/rr, h,** and **x.** The last part of this section is the **Dictado,** a five- to eight-sentence paragraph read as dictation. The **Dictado** topics always review cultural information presented in the lesson.

Suggestions for Working with *¡A escuchar!*

Have students listen to the **¡A escuchar!** CDs as they complete each lesson. There is much flexibility as to how the audio portion can be used.

- Listen to them in class after completing the corresponding sections in the student text.
- Assign them to be done in the language lab, if you have one.
- Always try to review the correct answers with the class after they have worked with the CDs. One way is to write the correct answers on a transparency and have students check each other's or their own work.
- Vary how and when you have students work with the CDs. For example, do the **Dictado** in class sometimes; assign it as homework other times.

¡A explorar!

The **¡A explorar!** section also consists of three parts: **Gramática en contexto, Vocabulario activo,** and **Composición.**

Gramática en contexto

Like its counterpart in **¡A escuchar!,** this section continues to review the lesson's grammatical structures. It contains contextualized and personalized fill-in-the-blank exercises, and sentence completion and transformation practice, giving students the writing exposure needed with the grammatical concepts being reviewed. When appropriate, **Vocabulario útil** boxes appear to help students with their responses.

Vocabulario activo

This section reinforces the vocabulary presented in the **Mejoremos la comunicación** section of the student text. Practice with the active vocabulary is provided in a variety of formats: matching words and definitions, associating terms, classifying words, crossword puzzles, word searches, and so on.

Composición

This section makes up the last part of **¡A explorar!** and provides open-ended, communicative topics for personalized writing. The topics are designed to challenge student creativity by having them express their own opinions, make comparisons, or give their own interpretations of historical or literary events in the lesson.

Suggestions for Working with *¡A explorar!*

Have students do the **¡A explorar!** activities as they complete the corresponding sections in the student text. How and when they do the exercises is a matter of the instructor's preference. The following are some possibilities.

- Assign the **Gramática en contexto** exercises as homework, or do them in class, after you complete the corresponding sections in the student text.
- Write the answers to the **Gramática en contexto** exercises on a transparency and have students check their own or their classmates' work before turning it in to you.
- Assign the **Composición** as homework. Collect the compositions and grade them holistically, using either the second or a combination of the second and third approaches presented in the section on holistic grading in the front matter of the Instructor's Annotated Edition.
- Do not spend a lot of time grading the **Cuaderno de actividades** exercises. Students will benefit more if you have them grade their own or their classmates' work. If graded holistically, the compositions should not take much time and should serve to motivate students to develop more fluency in writing.

¡Buena suerte!

Fabián A. Samaniego

Nelson Rojas

Francisco X. Alarcón

Nombre ____________________ Fecha ____________

Sección ____________

UNIDAD 1

LECCIÓN 1

¡A escuchar!

Gente del Mundo 21

A **César Chávez.** Ahora vas a tener la oportunidad de escuchar a una de las personas que hablaron durante una celebración pública en homenaje a César Chávez. Escucha con atención lo que dice y luego marca si cada oración que sigue es **cierta** (C) o **falsa** (F).

C **F** **1.** César Chávez nació el 31 de marzo de 1927 en Sacramento, California.

C **F** **2.** El Concejo Municipal y el alcalde de Sacramento declararon el último lunes de marzo de cada año como un día festivo oficial en honor de César Chávez.

C **F** **3.** César Chávez fue un político muy reconocido que fue gobernador de California.

C **F** **4.** La oradora dice que la vida de César Chávez se compara con la de Gandhi y la de Martin Luther King.

C **F** **5.** En sus discursos, César Chávez hacía referencia a Martin Luther King.

Cultura y gramática en contexto

B

Mirando edificios. Escucha las siguientes oraciones y coloca una marca (**X**) debajo del dibujo correspondiente a cada una. Escucha una vez más para verificar tus respuestas.

1.

A. ______

B. ______

2.

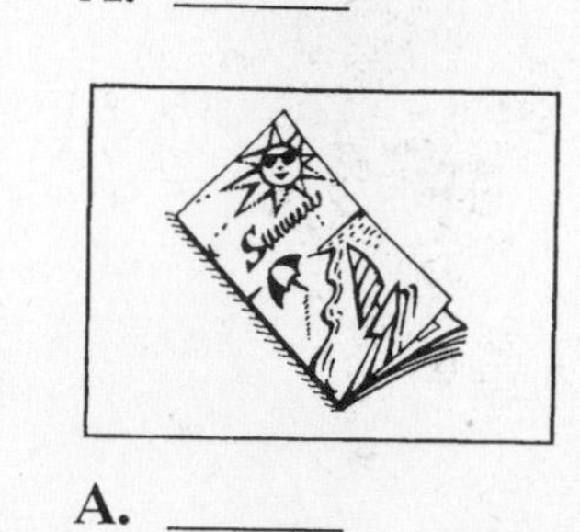

A. ______

B. ______

3.

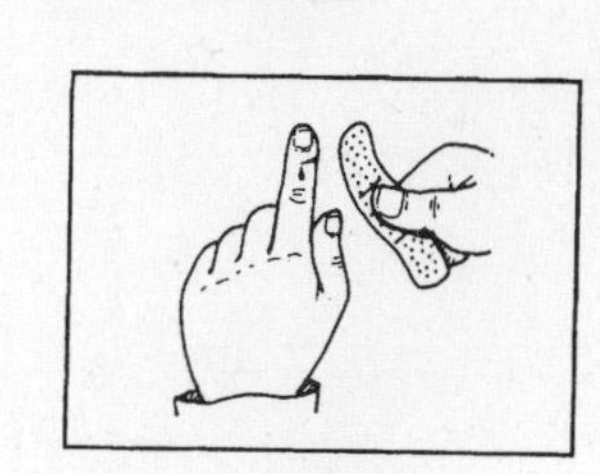

A. ______

B. ______

4.

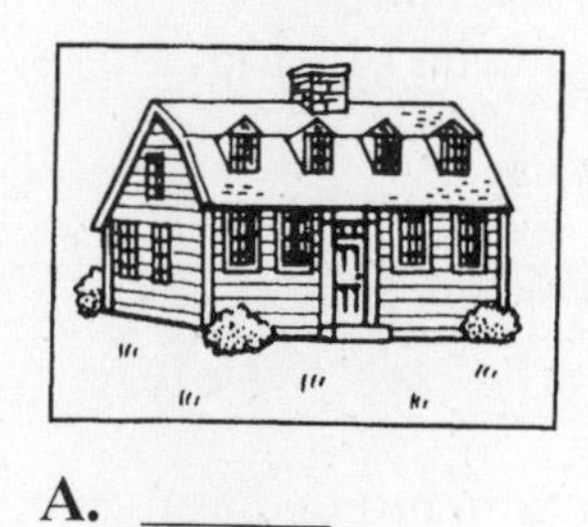

A. ______

B. ______

5.

A. ______

B. ______

Nombre ______________________ Fecha ______________

Sección ______________

UNIDAD 1

LECCIÓN 1

C **Puerto Rico en Nueva York.** Escucha las siguientes oraciones acerca de Puerto Rico. Escribe el artículo indefinido que escuchas o escribe una marca (**X**) si la oración no incluye ningún artículo indefinido.

1. ______

2. ______

3. ______

4. ______

5. ______

6. ______

7. ______

D **Los hispanos de Chicago.** Escucha la siguiente información e indica si cada oración que sigue es **cierta** (**C**) o **falsa** (**F**). Escucha una vez más para verificar tus respuestas.

C **F** **1.** En 1910 muchos mexicanos vienen a EE.UU. a participar en una revolución.

C **F** **2.** En 1910 muchos mexicanos van a Chicago en busca de empleo.

C **F** **3.** Ahora los hispanos de Chicago hacen todo tipo de trabajo.

C **F** **4.** El 35 por ciento de la población de Chicago es de origen hispano.

C **F** **5.** La mayoría de los hispanos de Chicago son de origen puertorriqueño.

C **F** **6.** Pilsen y La Villita son comunidades de Chicago donde viven muchos hispanos de origen mexicano.

Separación en sílabas

E

Sílabas. Todas las palabras se dividen en sílabas. Una sílaba es la letra o letras que forman un sonido independiente dentro de una palabra. Para pronunciar y deletrear correctamente es importante saber separar las palabras en sílabas. Hay varias reglas que determinan cómo se forman las sílabas en español. Estas reglas hacen referencia tanto a las **vocales (a, e, i, o, u)** como a las **consonantes** (cualquier letra del alfabeto que no sea vocal).

Regla Nº 1: Todas las sílabas tienen por lo menos una vocal.

Estudia la división en sílabas de las siguientes palabras mientras la narradora las lee.

Tina:	Ti-na	gitano:	gi-ta-no
cinco:	cin-co	alfabeto:	al-fa-be-to

Regla Nº 2: La mayoría de las sílabas en español comienza con una consonante.

moro:	mo-ro	romano:	ro-ma-no
lucha:	lu-cha	mexicano:	me-xi-ca-no

Una excepción a esta regla son las palabras que comienzan con una vocal. Obviamente la primera sílaba de estas palabras tiene que comenzar con una vocal y no con una consonante.

Ahora estudia la división en sílabas de las siguientes palabras mientras el narrador las lee.

Ana:	**A**-na	elegir:	**e**-le-gir
elefante:	**e**-le-fan-te	ayuda:	**a**-yu-da

Regla Nº 3: Cuando la **l** o la **r** sigue a una **b, c, d, f, g, p** o **t** forman agrupaciones que nunca se separan.

Estudia cómo estas agrupaciones no se dividen en las siguientes palabras mientras la narradora las lee.

po**bl**ado:	po-**bl**a-do	**dr**ogas:	**dr**o-gas
bracero:	**br**a-ce-ro	an**gl**o:	an-**gl**o
es**cr**itor:	es-**cr**i-tor	ac**tr**iz:	ac-**tr**iz
flojo:	**fl**o-jo	ex**pl**orar:	ex-**pl**o-rar

Nombre ______________________ Fecha ____________

Sección ______________

UNIDAD 1

LECCIÓN 1

Regla Nº 4: Cualquier otra agrupación de consonantes siempre se separa en dos sílabas.

Estudia cómo estas agrupaciones se dividen en las siguientes palabras mientras la narradora las lee.

azteca:	az-te-ca	excepto:	ex-cep-to
mestizo:	mes-ti-zo	alcalde:	al-cal-de
diversidad:	di-ver-si-dad	urbano:	ur-ba-no

Regla Nº 5: Las agrupaciones de tres consonantes siempre se dividen en dos sílabas, manteniendo las agrupaciones indicadas en la regla Nº 3 y evitando la agrupación de la letra **s** antes de otra consonante.

Estudia la división en sílabas de las siguientes palabras mientras la narradora las lee.

instante:	ins-tan-te	construcción:	cons-truc-ción
empleo:	em-ple-o	extraño:	ex-tra-ño
estrenar:	es-tre-nar	hombre:	hom-bre

F

Separación. Divide en sílabas las palabras que escucharás a continuación.

1. a b u r r i d o
2. c o n m o v e d o r
3. d o c u m e n t a l
4. a v e n t u r a s
5. a n i m a d o
6. m a r a v i l l o s a
7. s o r p r e n d e n t e
8. m u s i c a l e s
9. d i b u j o s
10. m i s t e r i o
11. b o l e t o
12. a c o m o d a d o r
13. c e n t r o
14. p a n t a l l a
15. e n t r a d a
16. e n t e r a d o

Acentuación y ortografía

G

El "golpe". En español, todas las palabras de más de una sílaba tienen una sílaba que se pronuncia con más fuerza o énfasis que las demás. Esta fuerza de pronunciación se llama acento prosódico o "golpe". Hay dos reglas o principios generales que indican dónde llevan el "golpe" la mayoría de las palabras de dos o más sílabas.

Regla Nº 1: Las palabras que terminan en vocal, **n** o **s** llevan el "golpe" en la penúltima sílaba. Escucha al narrador pronunciar las siguientes palabras con el "golpe" en la penúltima sílaba.

ma - no	pro - fe - **so** - res	ca - **mi** - nan

Regla Nº 2: Las palabras que terminan en consonante, excepto **n** o **s,** llevan el "golpe" en la última sílaba. Escucha al narrador pronunciar las siguientes palabras con el "golpe" en la última sílaba.

na - **riz**	u - ni - ver - si - **dad**	ob - ser - **var**

Ahora escucha al narrador pronunciar las palabras que siguen y subraya la sílaba que lleva el golpe. Ten presente las dos reglas que acabas de aprender.

es-tu-dian-til	re-a-li-dad	o-ri-gi-na-rio	glo-ri-fi-car
Val-dez	al-cal-de	ga-bi-ne-te	sin-di-cal
i-ni-cia-dor	re-loj	pre-mios	o-ri-gen
ca-si	re-cre-a-cio-nes	ca-ma-ra-da	fe-rro-ca-rril

H

Acento escrito. Todas las palabras que no siguen las dos reglas anteriores llevan acento **ortográfico** o **escrito.** El acento escrito se coloca sobre la vocal de la sílaba que se pronuncia con más fuerza o énfasis. Escucha al narrador pronunciar las siguientes palabras que llevan acento escrito. La sílaba subrayada indica dónde iría el "golpe" según las dos reglas anteriores.

ma - **má**	in - for - ma - **ción**	Ro - **drí** - guez

Ahora escucha al narrador pronunciar las siguientes palabras que requieren acento escrito. Subraya la sílaba que llevaría el golpe según las dos reglas anteriores y luego pon el acento escrito en la sílaba que realmente lo lleva. Fíjate que la sílaba con el acento escrito nunca es la sílaba subrayada.

con-tes-to	ra-pi-da	do-mes-ti-co	in-di-ge-nas
prin-ci-pe	tra-di-cion	ce-le-bra-cion	dra-ma-ti-cas
li-der	e-co-no-mi-ca	po-li-ti-cos	a-gri-co-la
an-glo-sa-jon	de-ca-das	et-ni-co	pro-po-si-to

Nombre ____________________ Fecha ____________

Sección ____________

UNIDAD 1

LECCIÓN 1

I **Dictado.** Escucha el siguiente dictado e intenta escribir lo más que puedas. El dictado se repetirá una vez más para que revises tu párrafo.

Los chicanos

____

____

____

____

____

____

____

____

____

____

____

____

____

____

¡A explorar!

Gramática en contexto

J **Influencia de las lenguas amerindias.** Escribe el plural de los siguientes animales y plantas, cuyo nombre proviene de las lenguas indígenas americanas.

1. aguacate ______________________
2. alpaca ______________________
3. cacahuate ______________________
4. cacao ______________________
5. caimán ______________________
6. cóndor ______________________
7. coyote ______________________
8. iguana ______________________
9. jaguar ______________________
10. nopal ______________________
11. puma ______________________
12. tomate ______________________

K **El español y sus variantes.** Completa el siguiente texto con el **artículo definido** apropiado. Escribe **X** si no se necesita ningún artículo. Presta atención a la contracción del artículo definido y en ese caso agrega solamente la letra que falta.

______________ (1) lengua de la mayoría de los hispanos en EE.UU. es ______________ (2) español. Pero esta lengua tiene muchas variantes. Hay ______________ (3) hispanos que hablan ______________ (4) "Spanglish" y otros que usan el habla caribeña. ______________ (5) primera de estas variantes es una mezcla de ______________ (6) inglés y ______________ (7) español, mientras que ______________ (8) segunda es una lengua que se usa principalmente en el Caribe.

L **Edward James Olmos.** Completa el siguiente texto con el **artículo definido** o **indefinido** apropiado. Escribe **X** si no se necesita ningún artículo.

Edward James Olmos es ______ (1) actor. Es ______ (2) actor hispano. Tiene fama tanto en ______ (3) cine y en ______ (4) teatro como en ______ (5) televisión. Realiza ______ (6) valiosa labor en favor de ______ (7) jóvenes de ______ (8) comunidad latina.

Nombre ______________________ Fecha ____________

Sección ____________

UNIDAD 1

LECCIÓN 1

M **Diversiones.** Debajo de cada dibujo, escribe lo que tú y tus amigos hacen.

MODELO

Elena

Elena baila en una fiesta.

Vocabulario útil

alquilar un vídeo	ir a la playa
asistir a un partido	ir de compras
bailar en una fiesta	montar en bicicleta
cenar en un restaurante	nadar en la piscina
correr por el parque	tocar la guitarra
escuchar la radio	tomar sol

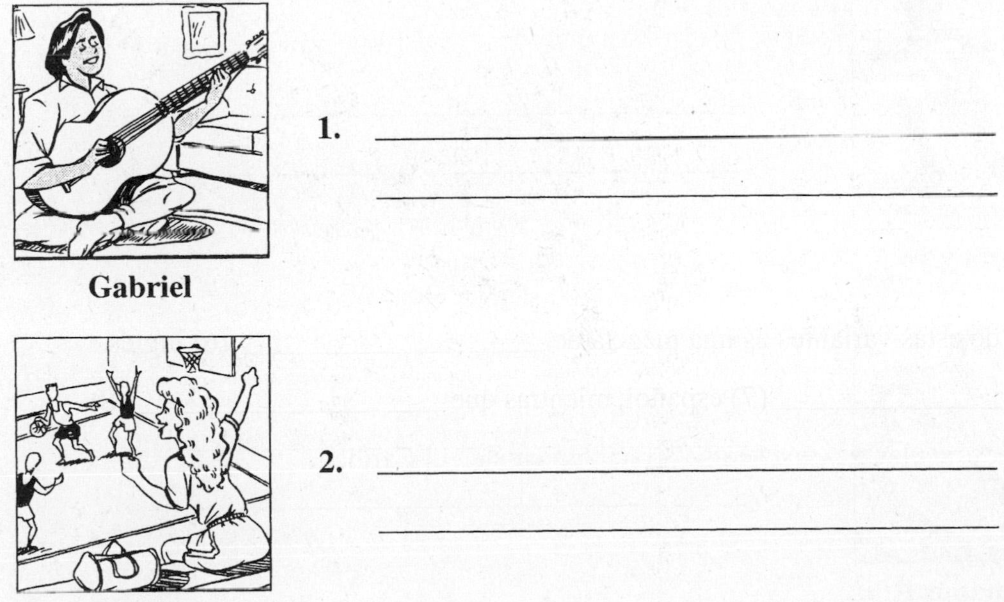

Gabriel

1. ______________________________

____

Cristina

2. ______________________________

____

Yo

3. ______________________________

____

Julia y Ricardo

4. ______________________________

____

Tú

5. ______________________________

____

Jimena y yo

6. ______________________________

____

Los hermanos Ruiz

7. ______________________________

____

Nombre ______________________ Fecha ______________

Sección ______________

UNIDAD 1

LECCIÓN 1

N **Rutina del semestre.** ¿Cuál es la rutina diaria de este estudiante? Para saberlo, completa el siguiente texto con el **presente de indicativo** de los verbos indicados entre paréntesis.

Este semestre yo ______________________ (1. estudiar) y ______________________ (2. trabajar). Después de la escuela, ______________________ (3. leer) mis libros de texto y ______________________ (4. hacer) la tarea. A veces ______________________ (5. escuchar) música o ______________________ (6. mirar) la televisión mientras ______________________ (7. preparar) mi almuerzo. Más tarde ______________________ (8. pasar) unas horas en un restaurante local trabajando como mesero. Con este trabajo ______________________ (9. ganar) algunos dólares y también ______________________ (10. ahorrar) un poco. Claro, ______________________ (11. echar) de menos las reuniones con mis amigos, pero me ______________________ (12. juntar) con ellos los fines de semana.

Vocabulario activo

O **Lógica.** En cada grupo de palabras, subraya aquélla que no esté relacionada con el resto.

1.	boleto	entrada	braceros	acomodador	taquilla
2.	taquillero	asiento	butaca	fila	pantalla
3.	fila	acomodador	centro	espantoso	lados
4.	formidable	sorprendente	conmovedor	pésimo	boletería
5.	cómica	documental	policíaca	musical	entretenido

P **Definiciones.** Indica qué frase de la segunda columna describe correctamente cada palabra de la primera.

______	**1.** entretenido	**a.** mujer que actúa en el cine
______	**2.** de guerra	**b.** ordenarse uno tras otro
______	**3.** pantalla	**c.** silla
______	**4.** hacer cola	**d.** asiento privado o en el centro
______	**5.** actriz	**e.** emocionante
______	**6.** de misterio	**f.** donde se proyecta una película
______	**7.** butaca	**g.** divertido
______	**8.** asiento	**h.** de ilustraciones activas
______	**9.** de dibujos animados	**i.** de combate y batallas
______	**10.** impresionante	**j.** de secretos y sorpresas

Composición: *descripción*

Q **Película favorita.** De todas las películas que has visto, ¿cuál consideras la que más te ha gustado y fácilmente podrías ver una y otra vez? ¿Qué tipo de película es? ¿Por qué es superior a todas las demás? En una hoja en blanco, escribe una breve descripción de esa película.

Nombre ______________________ Fecha ______________

Sección ______________

¡A escuchar!

Gente del Mundo 21

A **Esperando a Rosie Pérez.** Ahora vas a tener la oportunidad de escuchar a dos comentaristas de la radio en español que asisten a la ceremonia de la entrega de los premios "Óscar". Escucha con atención lo que dicen y luego marca si cada oración que sigue es **cierta (C)** o **falsa (F)**.

C F **1.** Los comentaristas de la radio están en la entrada del Teatro Chino, en Hollywood, donde va a tener lugar la entrega de los premios "Óscar".

C F **2.** Rosie Pérez ha sido nominada para un premio "Óscar" por su actuación en la película titulada *Fearless.*

C F **3.** La actriz nació en San Juan de Puerto Rico, pero su familia se mudó a Los Ángeles.

C F **4.** Rosie Pérez estudió biología marina en la Universidad Estatal de California en Los Ángeles.

C F **5.** Un actor latino acompaña a Rosie Pérez a la entrega de premios.

C F **6.** Lo que más le sorprendió a uno de los comentaristas es su elegante vestido negro.

Cultura y gramática en contexto

B **Planes.** Escucha la conversación entre Sofía y Pedro y luego indica si las oraciones que siguen son **ciertas (C)** o **falsas (F)**. Escucha una vez más para verificar tus respuestas.

C F **1.** Probablemente estamos en verano.

C F **2.** Al comienzo, Sofía propone ir a casa de Teresa.

C F **3.** Hay una piscina en la casa de Teresa.

C F **4.** La casa de Teresa está cerca de la playa.

C F **5.** Al final, Pedro y Sofía deciden ir a casa de Teresa, no a la playa.

C **Almuerzo.** Un grupo de amigos almuerzan en un restaurante puertorriqueño y le indican al camarero lo que desean comer. Para cada plato, indica si alguien lo ha pedido (**Sí**) o no (**No**). Escucha los pedidos una vez más para verificar tus respuestas.

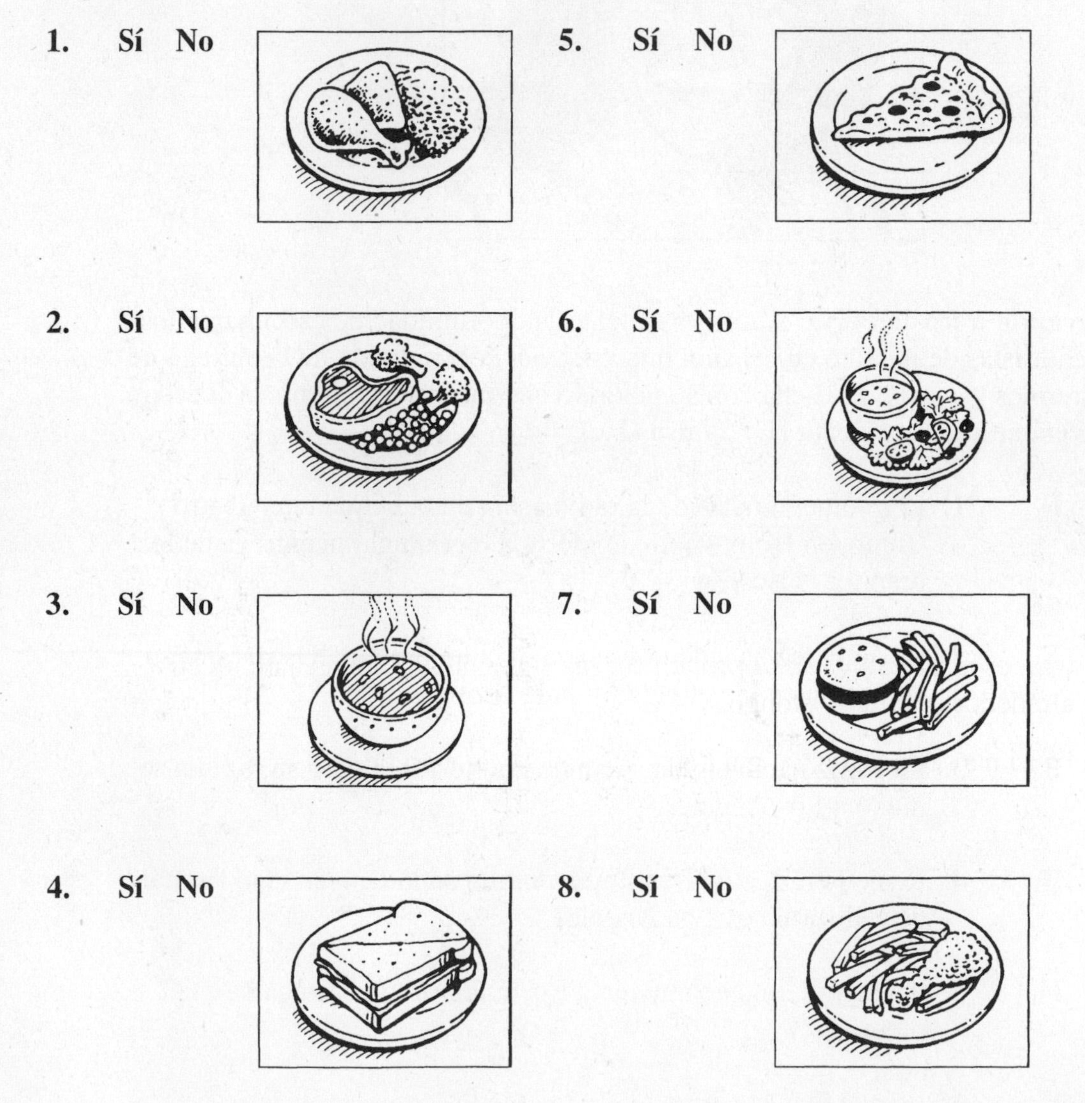

Nombre ____________________ Fecha ____________

Sección ______________

D **Una profesional.** Escucha la siguiente descripción y luego haz una marca (**X**) sobre las palabras que completan correctamente la información. Escucha una vez más para verificar tus respuestas.

1. La persona que habla es...

socióloga. psicóloga. enfermera.

2. Tiene...

veintisiete años. diecisiete años. treinta y siete años.

3. Su lugar de nacimiento es...

Nueva Jersey. Puerto Rico. Nueva York.

4. En su práctica profesional atiende a...

jóvenes. niños. ancianos.

5. En sus horas libres, para distraerse, a veces...

juega al béisbol. mira la televisión. practica el tenis.

Acentuación y ortografía

E **Diptongos.** Un diptongo es la combinación de una vocal débil (**i, u**) con cualquier vocal fuerte (**a, e, o**) o de dos vocales débiles en una sílaba. Los diptongos se pronuncian como un solo sonido en las sílabas donde ocurren. Escucha al narrador pronunciar estas palabras con diptongos.

gra - **cias** a - **cei** - te **cui** - da - do

Ahora, al escuchar al narrador pronunciar las siguientes palabras, pon un círculo alrededor de cada diptongo.

b a i l a r i n a i n a u g u r a r v e i n t e

J u l i a c i u d a d a n o f u e r z a s

b a r r i o p r o f e s i o n a l b o r i c u a s

m o v i m i e n t o p u e r t o r r i q u e ñ o c i e n t í f i c o s

r e g i m i e n t o p r e m i o e l o c u e n t e

F **Separación en dos sílabas.** Un diptongo con un acento escrito sobre la vocal débil (**i, u**) forma dos sílabas distintas. Escucha al narrador pronunciar estas palabras con diptongos separados en dos sílabas por un acento escrito.

me - lo - **dí - a** **ma - íz** **ba - úl**

Ahora, al escuchar al narrador pronunciar las siguientes palabras, pon un acento escrito en aquéllas donde se divide el diptongo en dos sílabas.

escenario	desafio	judio
todavia	tainos	cuatro
ciudadania	refugiado	pais
armonia	categoria	miembros
literaria	diferencia	Raul

G **¡A deletrear!** Ahora escribe cada palabra que el narrador pronuncia. Va a decir cada palabra dos veces. Luego va a repetir la lista completa una vez más.

1. ______________________ **4.** ______________________

2. ______________________ **5.** ______________________

3. ______________________ **6.** ______________________

H **Dictado.** Escucha el siguiente dictado e intenta escribir lo más que puedas. El dictado se repetirá una vez más para que revises tu párrafo.

Los puertorriqueños en EE.UU.

____

____

____

____

____

____

____

____

____

____

____

Nombre ______________________ Fecha ____________

Sección ______________

¡A explorar!

Gramática en contexto

I **Después del desfile.** Tú y tus amigos van a almorzar a un restaurante. Completa la siguiente conversación eligiendo el verbo apropiado entre los que figuran al principio de cada sección.

CAMARERO: Muy buenas tardes, ¿una mesa para cuatro?

TÚ: Sí, por favor.

(Al llegar a la mesa.)

incluye / tienen / pueden / vuelvo / recomiendo / tiene

CAMARERO: Aquí ________________ (1) Uds. el menú. Les ________________ (2) el menú del día. ________________ (3) seleccionar sopa o ensalada y un plato principal; ________________ (4) también postre y café. Y ________________ (5) un precio fijo muy razonable. ________________ (6) en seguida.

(El grupo decide qué va a pedir.)

voy / pido / tengo / creo / pienso

TERESA: ________________ (7) que ________________ (8) a comer un sándwich con una bebida. No ________________ (9) mucha hambre.

MAURICIO: Yo ________________ (10) pedir lo que ________________ (11) siempre en un restaurante puertorriqueño: arroz con pollo. Y un refresco.

quiero / sigue / convence

TÚ: Mauricio __________________ (12) con su plato favorito;
nadie lo __________________ (13) de cambiar de menú.
Yo __________________ (14) el menú del día.

agrada / hacen / sé / entiendo / sugieren

CAROLINA: Yo no __________________ (15) qué pedir. ¿Qué me
__________________ (16) ?

MAURICIO: Si te __________________ (17) el lechón,
__________________ (18) que aquí lo
__________________ (19) muy bien.

J

Presentación. Un amigo puertorriqueño a quien sólo conoces por correspondencia te pide que le hables brevemente de ti. ¿Qué le escribes?

__________________________ (1. Ser) estudiante. Todavía no
__________________________ (2. tener) veinte años. Cuando termine mis
estudios __________________________ (3. querer) ser dentista. Ahora, me
__________________________ (4. satisfacer) la vida simple que llevo. Por
las mañanas __________________________ (5. ir) a mis clases y por las
tardes __________________________ (6. hacer) mis tareas,
__________________________ (7. salir) con mis amigos o me
__________________________ (8. distraer) en casa escuchando música o
leyendo. Un par de días por semana y los fines de semana
__________________________ (9. conducir) hasta un restaurante donde
__________________________ (10. tener) un empleo de tiempo parcial.
__________________________ (11. Estar) contento con la vida que llevo.

Nombre ____________________ Fecha ____________

Sección ____________

Vocabulario activo

K **Lógica.** En cada grupo de palabras, subraya aquella palabra o frase que no esté relacionada con el resto.

1. autor	encantador	dramaturgo	novelista	poeta
2. poeta	cuento	novela	ensayo	obra
3. comedia	drama	obra de teatro	escena	ensayo
4. terrible	dificilísimo	incomprensible	divertido	aburridísimo
5. divertido	dulce	corto	excelente	fantástico

L **Escritores y sus obras.** Indica con qué autor o escritor de la segunda columna se identifica cada tipo de obra de la primera columna.

____ **1.** comedia	
____ **2.** cuento	
____ **3.** drama	**a.** dramaturgo
____ **4.** ensayo	**b.** novelista
____ **5.** novela	**c.** poeta
____ **6.** guión	**d.** escritor
____ **7.** obra de teatro	
____ **8.** poesía	

Composición: *descripción*

M **Mi lectura favorita.** De las muchas novelas, cuentos, leyendas, poesías y hasta tiras cómicas que has leído, ¿cuál es tu favorita? ¿Qué tipo de lectura es? ¿Por qué te gusta más que todas las otras? En una hoja en blanco, escribe una breve composición describiendo esa lectura.

Nombre ______________________ Fecha ____________

Sección ______________

¡A escuchar!

Gente del Mundo 21

A **Actor cubanoamericano.** Ahora vas a tener la oportunidad de escuchar la conversación que tienen dos amigas cubanoamericanas después de ver una película de Andy García en un teatro de Miami. Escucha con atención lo que dicen y luego marca si cada oración que sigue es **cierta (C)** o **falsa (F)**.

C F **1.** Las amigas fueron juntas al cine a ver la película *El Padrino, Parte III.*

C F **2.** A una de las amigas no le gustó la actuación de Andy García.

C F **3.** Ambas amigas están de acuerdo en que este actor es muy guapo.

C F **4.** Las amigas se sorprenden de que el actor cobre un millón de dólares por actuar en una película.

C F **5.** Una de las amigas comenta que Andy García ha hecho únicamente papeles de personajes hispanos.

C F **6.** Una de las amigas dice que Andy García es más cubano que cualquiera y que su cultura es la base de su éxito.

Cultura y gramática en contexto

B

Niños. Vas a escuchar descripciones de varios niños. Basándote en la descripción que escuchas, haz una marca (X) antes de la oración correspondiente. Escucha una vez más para verificar tus respuestas.

1. ☐ Nora es buena. ☐ Nora está buena.

2. ☐ Pepe es interesado. ☐ Pepe está interesado.

3. ☐ Sarita es lista. ☐ Sarita está lista.

4. ☐ Carlitos es limpio. ☐ Carlitos está limpio.

5. ☐ Tere es aburrida. ☐ Tere está aburrida.

C

Mis amigos. Escucha la descripción de Óscar, Josefina, Lorenzo y Ana, y escribe el nombre correspondiente debajo del dibujo que representa a cada uno.

1. ____________________ **2.** ____________________

3. ____________________ **4.** ____________________

D

Mi clase de español. En cada una de las descripciones siguientes, haz una marca (X) sobre la palabra que no aparece en la descripción que vas a escuchar. Escucha una vez más para verificar tus respuestas.

1. Mi sala de clases de español es...

clara. colorida. espaciosa. grande.

Nombre ______________________ Fecha ____________

Sección ____________

UNIDAD 1
LECCIÓN 3

2. Mi profesora de español es...

distraída.	divertida.	inteligente.	simpática.

3. Algunos de mis compañeros son...

estudiosos.	respetuosos.	trabajadores.	serios.

4. Otros compañeros son...

antipáticos.	descuidados.	descorteses.	perezosos.

Acentuación y ortografía

E

Triptongos. Un triptongo es la combinación de tres vocales: una vocal fuerte (**a, e, o**) en medio de dos vocales débiles (**i, u**). Los triptongos pueden ocurrir en varias combinaciones: **iau, uai, uau, uei, iai, iei,** etcétera. Los triptongos se pronuncian como una sola sílaba en las palabras donde ocurren. Escucha al narrador pronunciar las siguientes palabras con triptongos.

financ**iáis**   **guau**   desaf**iáis**   m**iau**

La **y** tiene valor de vocal y cuando aparece después de una vocal fuerte precedida por una débil forma un triptongo. Escucha a la narradora pronunciar las siguientes palabras con una **y** final.

b**uey**   Urug**uay**   Parag**uay**

Ahora escucha a los narradores leer algunos verbos, en la segunda persona del plural (**vosotros**), junto con algunos sustantivos. En ambos casos, las palabras presentan triptongo. Luego, escribe las letras que faltan en cada palabra.

1. d e s a f ________ s
2. P a r a g ________
3. d e n u n c ________ s
4. r e n u n c ________ s
5. a n u n c ________ s
6. b ________
7. i n i c ________ s
8. a v e r i g ________ s

F

Separación en sílabas. El triptongo siempre se pronuncia en una sola sílaba. Ahora, al escuchar a los narradores pronunciar las siguientes palabras con triptongo, escribe el número de sílabas de cada palabra.

1. ______   3. ______   5. ______   7. ______
2. ______   4. ______   6. ______   8. ______

G **Repaso.** Escucha al narrador pronunciar las siguientes palabras y ponles un acento escrito si lo necesitan.

1. filosofo	**3.** diptongo	**5.** examen	**7.** faciles	**9.** ortografico
2. diccionario	**4.** numero	**6.** carcel	**8.** huesped	**10.** periodico

H **Dictado.** Escucha el siguiente dictado e intenta escribir lo más que puedas. El dictado se repetirá una vez más para que revises tu párrafo.

Miami: una ciudad hispanohablante

Nombre ______________________ Fecha ______________

Sección ______________

¡A explorar!

Gramática en contexto

I **Estados de ánimo.** ¿Cómo se sienten estas personas al ver el mural que Pilar pintó en la pastelería Yankee Doodle de la selección de *Soñar en cubano* que leiste?

MODELO

Pilar

Pilar se siente muy satisfecha.

Vocabulario útil

contento	preocupado
decepcionado	satisfecho
enojado	sorprendido
furioso	triste

El tío de Pilar

1. ______________

La madre de Pilar

2. ______________

La amiga de Pilar

3. ______________

Un vecino de Pilar

4. ______________

____

____

Yo

5. ______________

____

____

J

Información errónea. Completa la segunda oración de los siguientes diálogos para corregir las afirmaciones erróneas de tu compañero(a). Usa los adjetivos que aparecen en el cuadro **Vocabulario útil** u otros que conozcas.

Vocabulario útil

bueno	innegable
cierto	malo
deprimente	positivo
increíble	sorprendente
indiscutible	terrible

MODELO *—En 1980 República Dominicana gozaba de una excelente situación económica.*

—No, ______________________ *es que la economía andaba muy mal.*

—No, lo cierto / lo terrible es que la economía andaba muy mal.

1. —En la década de los 80 pocos dominicanos llegaron a EE.UU.

—No, ______________________ es que más de 250.000 dominicanos entraron en EE.UU.

2. —Los dominicanos están distribuidos por todo EE.UU.

—No, ______________________ es que la gran mayoría vive en Nueva York.

3. —Yo creo que hay pocos dominicanos indocumentados en EE.UU.

—No, ______________________ es que hay más de 300.000 dominicanos indocumentados.

Nombre ______________________ Fecha ____________

Sección ____________

4. —Los dominicanos abusan del sistema de Bienestar Social.

—No, ______________________ es que la mayoría de los dominicanos nunca han usado los beneficios del Bienestar Social.

5. —Afortundamente, los dominicanos de ascendencia africana no son discriminados.

—No, ______________________ es que ellos también sufren la misma discriminación que los afroamericanos.

K **Viajeros.** Algunos amigos hispanos que tienes viajan por diferentes países. Usando este mapa, indica en qué país se encuentran en este momento.

MODELO *Mercedes (venezolana)*
Mercedes es de Venezuela, pero ahora está en Panamá.

1. Alfonso (ecuatoriano)

____

____

2. Pamela (argentina)

____

____

3. Graciela (panameña)

____

____

4. Fernando (paraguayo)

____

____

5. Daniel (colombiano)

____

____

6. Yolanda (mexicana)

____

____

L **Mujer de negocios.** Completa la siguiente descripción de la madre de Pilar, usando la forma apropiada del **presente de indicativo** de los verbos **ser** o **estar.**

Mi mamá ________________ (1) una mujer de negocios que siempre ________________ (2) muy ocupada. ________________ (3) muy lista para los negocios. Tiene una pastelería en Nueva York, y hoy ________________ (4) lista para inaugurarla. ________________ (5) muy activa, siempre ________________ (6) haciendo cosas; de vez en cuando, noto que ________________ (7) un poco cansada. Ella dice que ________________ (8) una mujer feliz; con la vida que lleva nunca ________________ (9) aburrida.

Nombre ______________________ Fecha ____________

Sección ____________

Vocabulario activo

M

Sopa de letras. Encuentra los nombres de seis músicos y siete instrumentos en la sopa de letras. Luego, para encontrar la respuesta a la pregunta que sigue, pon en los espacios en blanco las letras que no tachaste, empezando de izquierda a derecha y de arriba hacia abajo.

C	F	L	A	U	T	I	S	T	A	O	A
T	L	B	A	T	E	R	I	A	N	T	L
A	P	A	O	S	M	E	J	A	S	T	C
M	I	T	R	O	R	E	I	I	S	R	L
B	A	A	M	I	U	P	R	S	I	O	A
O	N	M	C	O	N	R	S	D	E	M	R
R	I	B	L	M	A	E	U	N	D	P	I
I	S	O	O	T	L	O	T	S	C	E	N
S	T	R	I	U	B	A	N	I	O	T	E
T	A	U	F	L	A	U	T	A	S	A	T
A	G	G	U	I	T	A	R	R	A	T	E
S	A	X	O	F	O	N	I	S	T	A	A

Músicos y sus instrumentos

¿Qué se les ha llamado a los cubanos?

___ ___ ___ ___ ___ ___ ___ ___ ___ ___ ___ ___ ___ ___

___ ___:

¡___ ___ ___ ___ ___ ___ ___ ___ ___ ___ ___ ___ ___ ___ ___ ___s!

N

Definiciones. Indica qué frase de la segunda columna describe correctamente cada palabra de la primera.

____ **1.** bailable — **a.** persona que canta sola

____ **2.** concierto — **b.** música de los vaqueros

____ **3.** fuerte — **c.** música para bailar

____ **4.** solista — **d.** música delicada y sin ruido

____ **5.** ópera — **e.** agradable a los sentidos

____ **6.** poderoso — **f.** cantante con voz muy baja

____	**7.** ranchera	**g.**	gala musical
____	**8.** sensual	**h.**	teatro musical
____	**9.** barítono	**i.**	vigoroso
____	**10.** suave	**j.**	con alto volumen

Composición: *entrevista*

O **Ayudante de productor.** Trabajas para el productor de un programa de entrevistas y comentarios muy popular en la televisión hispana de EE.UU. En un futuro programa va a hacer un reportaje sobre los cubanoamericanos. Tu tarea es identificar a la persona que van a entrevistar y preparar en una hoja en blanco preguntas apropiadas para esa persona. Debe haber suficientes preguntas para una entrevista de quince minutos. Es mejor que sobren preguntas antes de que falten. ¡Suerte en tu nueva carrera de ayudante de productor!

Nombre ______________________ Fecha ____________

Sección ____________

UNIDAD 1

LECCIÓN 4

¡A escuchar!

Gente del Mundo 21

A **Actor centroamericano.** Ahora vas a tener la oportunidad de escuchar la conversación que tienen dos amigas centroamericanas después de ver un episodio de José Solano en la televisión. Escucha con atención lo que dicen y luego marca si cada oración que sigue es **cierta** (**C**) o **falsa** (**F**).

C **F** **1.** Las amigas acaban de ver el último episodio de *Baywatch.*

C **F** **2.** Una de las amigas dice que José Solano se ganó una medalla de oro en las Olimpiadas de 2001 en Salt Lake City.

C **F** **3.** José Solano se ganó una Medalla de Honor en la Guerra del Golfo Pérsico.

C **F** **4.** También se ganó un *Nosotros Golden Eagle Award.*

C **F** **5.** Una de las amigas se lamenta de nunca haber visto un solo episodio de *Baywatch.*

C **F** **6.** La semana próxima las amigas van juntas al cine a ver la película *On Edge.*

Cultura y gramática en contexto

B

Algunos datos sobre los centroamericanos. Vas a escuchar datos sobre la población de los centroamericanos en algunos lugares de EE.UU. Escucha con atención y luego indica si las siguientes oraciones son **ciertas** (**C**) o **falsas** (**F**). Escucha una vez más para verificar tus respuestas.

C F **1.** Nueva York tiene menos centroamericanos que Los Ángeles.

C F **2.** En Los Ángeles hay dos mil centroamericanos más que en Nueva York.

C F **3.** En Los Ángeles viven más salvadoreños que guatemaltecos.

C F **4.** Los Ángeles tiene tantos hondureños como nicaragüenses.

C F **5.** En Los Ángeles hay unos 66.000 nicaragüenses.

C

¿Qué fruta va a llevar? A Nicolás le han pedido que lleve la fruta para una pequeña fiesta en casa de unos amigos. Escucha mientras decide qué llevar y haz un círculo alrededor del dibujo que corresponda a la fruta que selecciona. Escucha una vez más para verificar tus respuestas.

1.

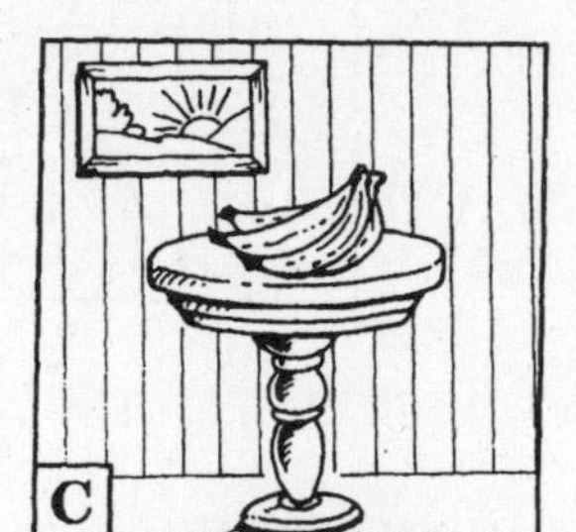

2.

3.

Nombre ______________________________ Fecha ________________

Sección ______________

UNIDAD 1
LECCIÓN 4

4.

A B C

5.

A B C

D

Mi familia. Al escuchar a Beatriz describir a su familia, haz un círculo alrededor del dibujo que corresponda a cada descripción. Escucha una vez más para verificar tus respuestas.

1.

2.

3.

4.

5.

E **Hablando de comida.** Indica cuál de las respuestas va mejor con las preguntas o comentarios de tus amigos acerca de comida.

1. **a.** Prefiero éste porque tiene menos calorías.
   b. Prefiero aquél porque tiene menos calorías.
2. **a.** Aquél es un plato centroamericano, ¿verdad?
   b. Eso es un plato centroamericano, ¿verdad?
3. **a.** Eso no es cierto.
   b. Esto no es cierto.
4. **a.** Sí, aquélla fue fenomenal.
   b. Sí, ésta es fenomenal.
5. **a.** Son éstos, los centroamericanos.
   b. Son aquéllos, los centroamericanos.

Acentuación y ortografía

F **Adjetivos y pronombres demostrativos.** Los adjetivos demostrativos nunca llevan acento escrito. En cambio, los pronombres demostrativos siempre lo llevan, excepto **eso** y **esto** por ser neutros (no requieren sustantivo). Escucha y estudia estos ejemplos mientras el narrador los lee.

Adjetivos demostrativos	Pronombres demostrativos
Estos libros son míos.	**Éstos** son los tuyos.
Esa falda es hermosa.	¿**Ésa**? ¡No me gusta!
Ese puesto es el mejor.	Sí, pero **éste** paga más.
Aquellos muchachos hablan inglés.	Sí, pues **aquéllos** de allá, no.
	¡**Eso** es imposible!
	Esto es muy importante.

Ahora, escucha al narrador leer las siguientes oraciones y escribe los **adjetivos** o **pronombres demostrativos** que escuchas. Recuerda que sólo los pronombres llevan acento escrito.

1. ____________ vídeo de José Solano es mío y ____________ es tuyo.
2. ____________ composición de Jorge Moraga refleja más dolor y sufrimiento que ____________.
3. ____________ periódico se edita en Tegucigalpa; ____________ se edita en Managua.
4. Compramos ____________ libros en Tikal y ____________ en Antigua.
5. No conozco ____________ diseños de Bo Bolaño; yo sé que ____________ está en el Palacio Nacional en San Salvador.

G

Palabras interrogativas, exclamativas y relativas. Todas las palabras interrogativas y exclamativas llevan acento escrito para distinguirlas de palabras parecidas que se pronuncian igual pero que no tienen significado ni interrogativo ni exclamativo. Escucha y estudia cómo se escriben las palabras interrogativas, exclamativas y relativas mientras los narradores leen las siguientes oraciones. Observa que las oraciones interrogativas empiezan con signos de interrogación inversos y las oraciones exclamativas con signos de exclamación inversos.

1. ¿**Qué** libro?

   El libro **que** te presté.

   ¡Ah! ¡**Qué** libro!

2. ¿Contra **quién** lucha Marcos hoy?

   Contra el luchador a **quien** te presenté.

   ¡Increíble, contra **quién** lucha!

3. ¿**Cuánto** dinero ahorraste?

   Ahorré **cuanto** pude.

   ¡**Cuánto** has de sufrir, hombre!

4. ¿**Cómo** lo hiciste?

   Lo hice **como** quise.

   ¡**Cómo** me voy a acordar de eso!

5. ¿**Cuándo** vino?

Vino **cuando** terminó de trabajar.

Sí, ¡y mira **cuándo** llegó!

Ahora escucha a los narradores leer las oraciones que siguen y decide si son **interrogativas, exclamativas** o si simplemente usan una palabra **relativa.** Pon los acentos escritos y la puntuación apropiada (signos de interrogación, signos de exclamación y puntos) donde sea necesario.

1. Quien llamó

   Quien El muchacho a quien conocí en la fiesta

2. Adonde vas

   Voy adonde fui ayer

3. Cuanto peso Ya no voy a comer nada

   Que exagerada eres, hija Come cuanto quieras

4. Quien sabe donde viven

   Viven donde vive Raúl

5. Que partido más interesante

   Cuando vienes conmigo otra vez

6. Lo pinté como me dijiste

   Como es posible

7. Trajiste el libro que te pedí

   Que libro El que estaba en la mesa

8. Cuando era niño, nunca hacía eso

   Lo que yo quiero saber es cuando aprendió

Nombre ______________________ Fecha ______________

Sección ______________

UNIDAD 1

LECCIÓN 4

H **Dictado.** Escucha el siguiente dictado e intenta escribir lo más que puedas. El dictado se repetirá una vez más para que revises tu párrafo.

Los centroamericanos en EE.UU.

¡A explorar!

Gramática en contexto

I

Ficha personal. Basándote en la información que aparece a continuación, haz comparaciones entre tu hermana y tú.

	Mi hermana	Yo
Edad	22 años	17 años
Estatura	1,50 m	1,65 m
Peso	45 kilos	52 kilos
Trabajo	40 horas por semana	15 horas por semana
Vestidos	elegantes	informales
Ir al cine	dos veces por semana	dos veces por semana

MODELO *joven*
Soy más joven que mi hermana. o
Mi hermana es menos joven que yo.

1. alto(a): ______________________________
2. elegante: ______________________________
3. trabajar: ______________________________
4. pesar: ______________________________
5. ir al cine: ______________________________

J

Entrevista. Un(a) periodista entrevista a un centroamericano que vive desde hace unos años en EE.UU. Escribe las respuestas según el modelo.

MODELO *¿El inglés para sus hijos es fácil?*
Sí, es facilísimo.

1. ¿Sus vecinos son amables?

____

2. ¿Los trabajos son escasos?

____

3. ¿Los conductores en las autopistas son locos?

____

4. ¿El período de adaptación es largo?

____

Nombre ______________________ Fecha ______________

Sección ______________

UNIDAD 1

LECCIÓN 4

5. ¿La burocracia aquí en EE.UU. es eficaz?

____

K **Juicios exagerados.** Usa los fragmentos dados para expresar lo que dicen unos centroamericanos acerca de algunos compatriotas suyos. Sigue el modelo.

MODELO Imna Arroyo / pintora / creativo / los artistas guatemaltecos de EE.UU.
Imna Arroyo es la pintora más creativa de los artistas guatemaltecos de EE.UU.

1. José Solano / actor / atlético / Hollywood

____

2. Mary Rodas / mujer de negocios / calificado / la industria de los juguetes

____

3. Claudia Smith / abogada / dedicado / California

____

4. Jorge Argueta / poeta / compasivo / los artistas salvadoreños americanos

____

5. Mauricio Cienfuegos / futbolista / hábil / su equipo

____

L **En la tienda de discos.** Tú y tus amigos hacen preguntas y comentarios mientras visitan una tienda de discos. Escribe el demostrativo que falta.

1. Pablo, ¿conoces ________ disco DVD que tengo en la mano?
2. La sección de música rap está contra ________ pared, allá al fondo de la sala.
3. Rebeca, te recomiendo que no compres el disco de ________ cantante que escuchas; ella es muy sentimental.
4. No sé si llevarme un solo disco o ________ colección que tú estás mirando.
5. Señorita, ¿podría decirme el precio de ________ tres álbumes que tengo aquí conmigo? No veo los precios.

M **¡De compras en Los Ángeles!** Estás de vacaciones en Los Ángeles y hoy debes seleccionar un regalo de cumpleaños para tu mejor amiga pero no sabes qué elegir. ¿Qué le preguntas a la dependienta?

MODELO

¿Compro esa pulsera o este collar? o
¿Compro este collar o esa pulsera?

Vocabulario útil

anillo	casete	gato de peluche	osito de peluche
aretes	collar	libro de cocina	pulsera
cachucha	disco compacto	libro de ejercicios	sombrero

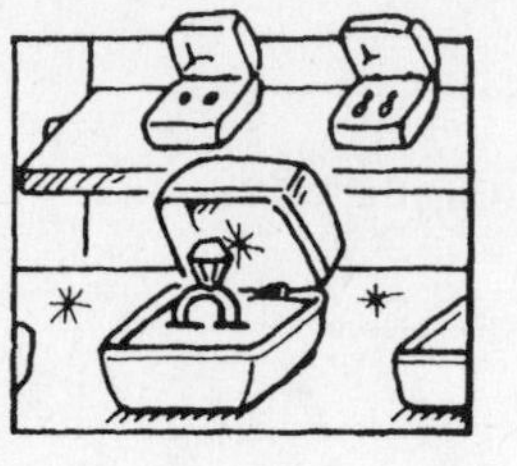

1. ______________________________
____

2. ______________________________
____

3. ______________________________
____

Nombre ______________________ Fecha ______________

Sección ______________

UNIDAD 1

LECCIÓN 4

4. ______________________________

____

5. ______________________________

____

Vocabulario activo

N **Lógica.** En cada grupo de palabras, subraya aquélla que no esté relacionada con el resto.

1. róbalo	camarón	almeja	cangrejo	ostión
2. cordero	puerco	res	venado	pavo
3. chaya	aves	chile	pepita	hoja de plátano
4. trucha	róbalo	langosta	pescado	bacalao
5. boxito	pibxcatic	tsic	huevo	tsotolbichay

O **A categorizar.** Indica a qué categoría de la segunda columna pertenece cada palabra de la primera.

______ **1.** pepita		
______ **2.** escalope		
______ **3.** trucha	**a.** marisco	
______ **4.** cordero	**b.** pescado	
______ **5.** chaya	**c.** carne	
______ **6.** róbalo	**d.** ave	
______ **7.** almeja	**e.** condimento	
______ **8.** hoja de maíz		
______ **9.** res		
______ **10.** pavo		

Composición: *comparación*

P **Centroamericanos en EE.UU.** En una hoja en blanco compara los cuatro grupos principales de centroamericanos en EE.UU. ¿Cuál es el más numeroso? ¿el menos numeroso? ¿el que más dificultad ha tenido en asimilarse? ¿el que menos problemas ha tenido? Menciona dónde se han alojado y qué dificultades tuvieron llegar a EE.UU.

Nombre ______________________ Fecha ______________

Sección ______________

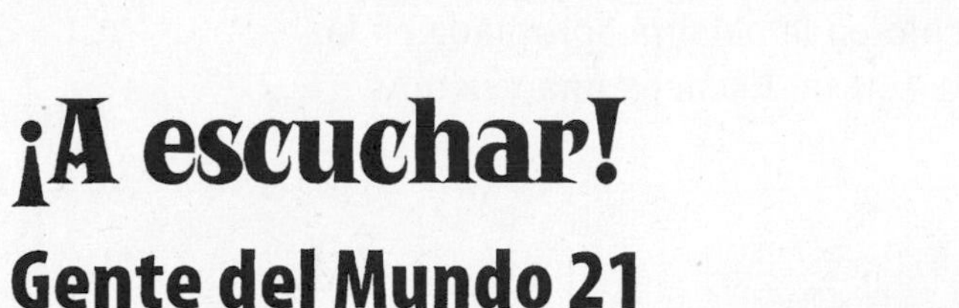

¡A escuchar!

Gente del Mundo 21

A **Antes de entrar al cine.** Escucha con atención lo que discute una pareja de jóvenes novios antes de entrar a un cine de Sevilla para ver *Tacones lejanos,* una película de Pedro Almodóvar. Luego marca si cada oración que sigue es **cierta** (C) o **falsa** (F).

C F **1.** La pareja de novios decide finalmente alquilar una película de Pedro Almodóvar en una tienda de vídeos.

C F **2.** Los novios discuten también la serie de televisión que Almodóvar hará para la televisión española.

C F 3. *Mujeres al borde de un ataque de nervios* ganó el premio "Óscar" otorgado a la mejor película en lengua extranjera en 1988.

C F **4.** Al novio no le gustan las películas de Pedro Almodóvar.

C F **5.** En vez de ir al cine, el novio prefiere alquilar los vídeos de las películas para verlas en casa.

C F **6.** A la novia le gustan mucho las películas de Almodóvar.

Cultura y gramática en contexto

B **Narración confusa.** Un policía escucha a Teresa, testigo de un accidente. Teresa está tan nerviosa que al hablar del accidente que tuvo su amigo Julián, también habla de sí misma. Indica con un círculo en la palabra apropiada, si las oraciones que escuchas se refieren a Julián o a Teresa. Escucha una vez más para verificar tus respuestas.

	Julián	*Teresa*
1.	cruzó	cruzo
2.	prestó	presto
3.	prestó	presto
4.	miró	miro
5.	miró	miro
6.	atropelló	atropello
7.	quedó	quedo
8.	quedó	quedo

C **Robo en el banco.** Escucha la siguiente información que dan en el noticiero de la televisión e indica si las oraciones son **ciertas (C)** o **falsas (F)**. Escucha una vez más para verificar tus respuestas.

C F **1.** La policía recibió la llamada a las diez de la mañana.

C F **2.** Llamaron para reportar un robo en el Banco Interamericano.

C F **3.** Un hombre de aproximadamente veinticinco años amenazó a la cajera.

C F **4.** Robó más de siete mil dólares.

C F **5.** El ladrón salió del banco y empezó a caminar tranquilamente por la Avenida del Mar.

Nombre ______________________ Fecha ____________

Sección ______________

UNIDAD 2

LECCIÓN 1

D **Pérez Galdós.** Escucha los siguientes datos acerca de la vida del novelista Benito Pérez Galdós. Luego indica qué opción completa mejor cada oración. Escucha una vez más para verificar tus respuestas.

Vocabulario útil

a través de: *durante*	novelada: *contada*
derecho: *ciencia legal*	residir: *vivir*
exponente: *ejemplo*	teatrales: *del teatro*

1. Benito Pérez Galdós es considerado...

a. un novelista más grande que Cervantes.

b. un novelista tan grande como Cervantes.

c. el novelista más grande desde Cervantes.

2. Nació en...

a. Las Palmas.

b. Madrid.

c. el sur de España.

3. Estudió...

a. filosofía y letras.

b. sociología.

c. derecho.

4. *Episodios nacionales* es una historia novelada en...

a. seis volúmenes.

b. cuarenta volúmenes.

c. cuarenta y seis volúmenes.

5. También escribió una gran cantidad de...

a. obras de teatro.

b. cuentos de niños.

c. poesía.

6. *Doña Perfecta* y *Fortunata y Jacinta* son dos de sus...

   a. novelas más conocidas.

   b. obras teatrales más conocidas.

   c. artículos periodísticos más conocidos.

Acentuación y ortografía

E **Repaso de acentuación.** Al escuchar a la narradora pronunciar las siguientes palabras: 1) divídelas en sílabas, 2) subraya la sílaba que debiera llevar el golpe según las dos reglas de acentuación y 3) coloca el acento ortográfico donde se necesite.

MODELO *politica*
po/lí/<u>ti</u>/ca

1. heroe
2. invasion
3. Reconquista
4. arabe
5. judios
6. protestantismo
7. eficaz
8. inflacion
9. abdicar
10. crisis
11. sefarditas
12. epico
13. unidad
14. peninsula
15. prospero
16. imperio
17. islamico
18. herencia
19. expulsion
20. tolerancia

Nombre ______________________ Fecha ____________

Sección ____________

UNIDAD 2
LECCIÓN 1

F **Acento escrito.** Ahora escucha a los narradores leer las siguientes oraciones y coloca el acento ortográfico sobre las palabras que lo requieran.

1. El sabado tendremos que ir al medico en la Clinica Lujan.
2. Mis examenes fueron faciles, pero el examen de quimica de Monica fue muy dificil.
3. El joven de ojos azules es frances, pero los otros jovenes son puertorriqueños.
4. Los Lopez, los Garcia y los Valdez estan contentisimos porque se sacaron la loteria.
5. Su tia se sento en el jardin a descansar mientras el comia.

G **Dictado.** Escucha el siguiente dictado e intenta escribir lo más que puedas. El dictado se repetirá una vez más para que revises tu párrafo.

La España musulmana

____

____

____

____

____

____

____

____

____

____

____

____

____

____

____

____

¡A explorar!

Gramática en contexto

H **Habitantes de la Península Ibérica.** Completa los siguientes datos acerca de los primeros pobladores del país que hoy conocemos como España.

Los pobladores que ________________________ (1. habitar) la Península Ibérica en tiempos prehistóricos ________________________ (2. dejar) extraordinarias pinturas en diversas cuevas de la península. En tiempos históricos, cuando ________________________ (3. llegar) los primeros invasores, los pueblos y tribus de la península ________________________ (4. recibir) el nombre de iberos. Diversos invasores se ________________________ (5. establecer) en diferentes zonas de la península y ________________________ (6. aportar) elementos de su civilización. Entre estos invasores se ________________________ (7. destacar) los fenicios, famosos navegantes que ________________________ (8. inventar) el alfabeto. Los griegos ________________________ (9. fundar) varias ciudades en la costa mediterránea. Los celtas ________________________ (10. incorporar) en la península el uso de metales. Pero finalmente ________________________ (11. predominar) los romanos, de quienes la península ________________________ (12. recibir) el nombre de Hispania así como la lengua, cultura, tecnología y gobierno romanos.

I **Alfonso X el Sabio.** Completa los siguientes datos acerca de las contribuciones de este rey.

Alfonso X el Sabio ________________ (1. vivir) durante el siglo XIII. ________________ (2. Nacer) en 1221 y ________________ (3. fallecer) en 1284. ________________ (4. Gobernar) el reino de Castilla y de León por más de treinta años. ________________ (5. Subir) al trono en 1252 y su reinado ________________ (6. terminar) con su muerte en 1284. ________________ (7. Favorecer) el desarrollo de las leyes, las ciencias y las artes en su reino. ________________ (8. Reunir) en su palacio a especialistas cristianos, árabes y judíos que ________________ (9. realizar) obras de leyes,

Nombre ________________________ Fecha ______________

Sección ______________

UNIDAD 2

LECCIÓN 1

historia y astronomía. ______________ (10. Escribir) sobre la historia de España y la historia universal. ______________ (11. Ayudar) al desarrollo de la arquitectura, ya que durante su reinado se ______________ (12. edificar) la catedral de León.

J **Lectura.** Completa la siguiente narración acerca de la historia que leyó un(a) estudiante.

Ayer después de cenar, yo ____________ (1. abrir) mi libro de español e ____________ (2. iniciar) mi lectura. ____________ (3. Leer) la aventura de los molinos de don Quijote. Este caballero andante ____________ ____________ (4. creer) ver unos gigantes en el campo, pero su escudero Sancho Panza sólo ____________ (5. percibir) unos molinos de viento y ____________ (6. tratar) de corregir a su amo. Don Quijote no ____________ (7. escuchar) las palabras de Sancho. Montado en su caballo Rocinante, don Quijote ____________ (8. correr) hacia los molinos y los ____________ (9. atacar). Pero el viento ____________ (10. agitar) las aspas de los molinos y éstas ____________ (11. derribar) al caballero. La aventura me ____________ (12. parecer) algo cómica, pero también me ____________ (13. causar) un poco de pena por el sufrimiento del caballero.

Vocabulario activo

K **Crucigrama.** Completa este crucigrama a base de las claves verticales y horizontales.

El arte y los artistas

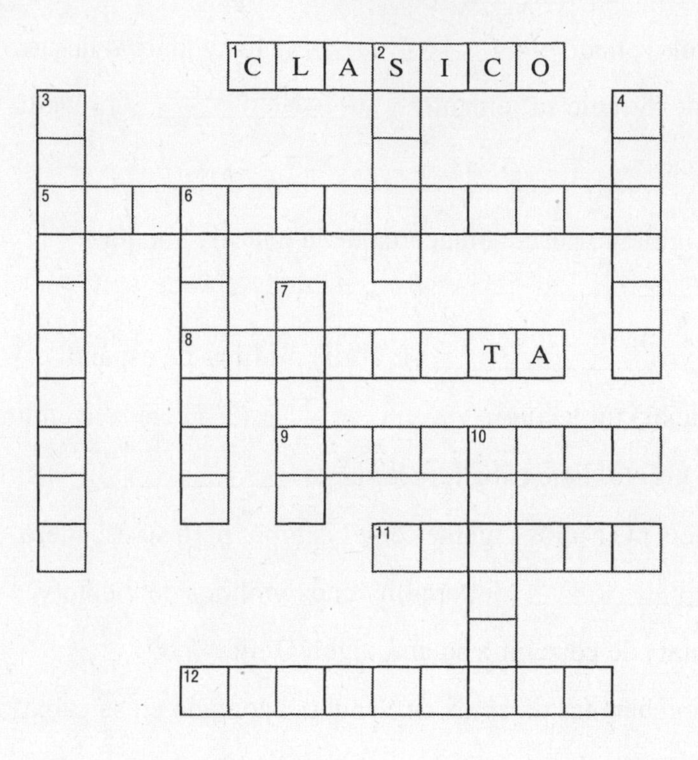

Claves horizontales	*Claves verticales*
1. arte antiguo de los griegos y romanos	**2.** galería donde se exponen obras de arte
5. arte que representa una impresión de la realidad	**3.** colores llamativos como un diamante
8. arte que representa las cosas tales como son	**4.** una pintura
9. artista que se dedica a la escultura	**6.** arte que representa la figura de una persona o un animal
11. arte de pintar una pared recientemente preparada	**7.** hoja seca fabricada que sirve para escribir, imprimir y pintar
12. arte que representa escenas de la Biblia o actos de la iglesia	**10.** tela o material sobre el cual se pinta con óleo

Nombre ______________________ Fecha ____________

Sección ____________

UNIDAD 2
LECCIÓN 1

L **Lógica.** En cada grupo de palabras, subraya aquella palabra o frase que no esté relacionada con las otras.

1. artista	pintor	escultor	rotulador	dibujante
2. acuarelas	tinta china	barroco	tiza	tubos de óleo
3. llamativo	sombrío	opaco	borroso	nebuloso
4. exhibición	salón	presentación	exposición	cartón
5. pintura	panorama	gótico	retrato	paisaje

Composición: *descripción imaginaria*

M **Una carta de Cervantes.** En una hoja en blanco, escribe una breve carta imaginaria en la que Miguel de Cervantes Saavedra le describe a un amigo, un escritor de Toledo, la aventura de los molinos de viento que acaba de escribir como parte de su novela *El ingenioso hidalgo don Quijote de la Mancha.* Imagina el estado de ánimo de Cervantes al escribir esta carta. ¿Cómo explicaría lo que acaba de escribir?

Nombre ______________________ Fecha ____________

Sección ____________

UNIDAD 2
LECCIÓN 2

¡A escuchar!

Gente del Mundo 21

A **Elena Poniatowska.** Una pareja de jóvenes estudiantes mexicanos de la Universidad Nacional Autónoma de México (U.N.A.M.) asiste a un acto en conmemoración de la masacre de Tlatelolco. Escucha con atención lo que dicen y luego marca si cada oración que sigue es **cierta** (**C**) o **falsa** (**F**).

C F **1.** Lo que más les impresionó del acto a Manuel y a Angélica fue la lectura que hizo Elena Poniatowska de su libro *La noche de Tlatelolco.*

C F **2.** Elena Poniatowska es una escritora francesa que nació en Polonia y que visita frecuentemente México.

C F **3.** Se han vendido más de 100.000 ejemplares de su libro *La noche de Tlatelolco.*

C F **4.** La masacre de Tlatelolco ocurrió el 2 de octubre de 1968, unos días antes de los Juegos Panamericanos en México.

C F **5.** Aunque no se sabe realmente cuántas personas murieron aquella noche, muchos testigos calculan que fueron más de trescientas, la mayoría estudiantes.

Cultura y gramática en contexto

B **Hernán Cortés.** Escucha la siguiente narración acerca de Hernán Cortés y luego indica qué opción mejor completa cada oración. Escucha una vez más para verificar tus respuestas.

1. Hernán Cortés llegó a México en 1519, en el mes de...

a. junio.

b. abril.

c. agosto.

2. Cuando llegó a México, Cortés tenía...

a. veinticuatro años de edad.

b. cuarenta y cuatro años de edad.

c. treinta y cuatro años de edad.

3. Cortés llevaba...

a. cañones.

b. vacas.

c. cinco mil soldados.

4. Cortés llegó a Tenochtitlán por primera vez en...

a. 1519.

b. 1520.

c. 1521.

5. Tenochtitlán cayó en poder de Cortés a fines de...

a. noviembre de 1521.

b. junio de 1521.

c. agosto de 1521.

C **Gustos en televisión.** Escucha lo que dice Ángela acerca de los programas de la televisión e indica si los programas que figuran a continuación le agradan (**A**) o le desagradan (**D**). Escucha una vez más para verificar tus respuestas.

A **D** **1.** programas de ciencia

A **D** **2.** programas de vídeos musicales

A **D** **3.** programas de noticias

A **D** **4.** programas de deportes

A **D** **5.** telenovelas

A **D** **6.** programas cómicos

A **D** **7.** programas de detectives

Nombre ______________________ Fecha ____________

Sección ____________

UNIDAD 2

LECCIÓN 2

D

Ayer. Escucha mientras Marisa le pregunta a su mamá sobre lo que ves en los dibujos. Coloca una **X** debajo del dibujo que coincida con la respuesta que escuchas. Escucha una vez más para verificar tus respuestas.

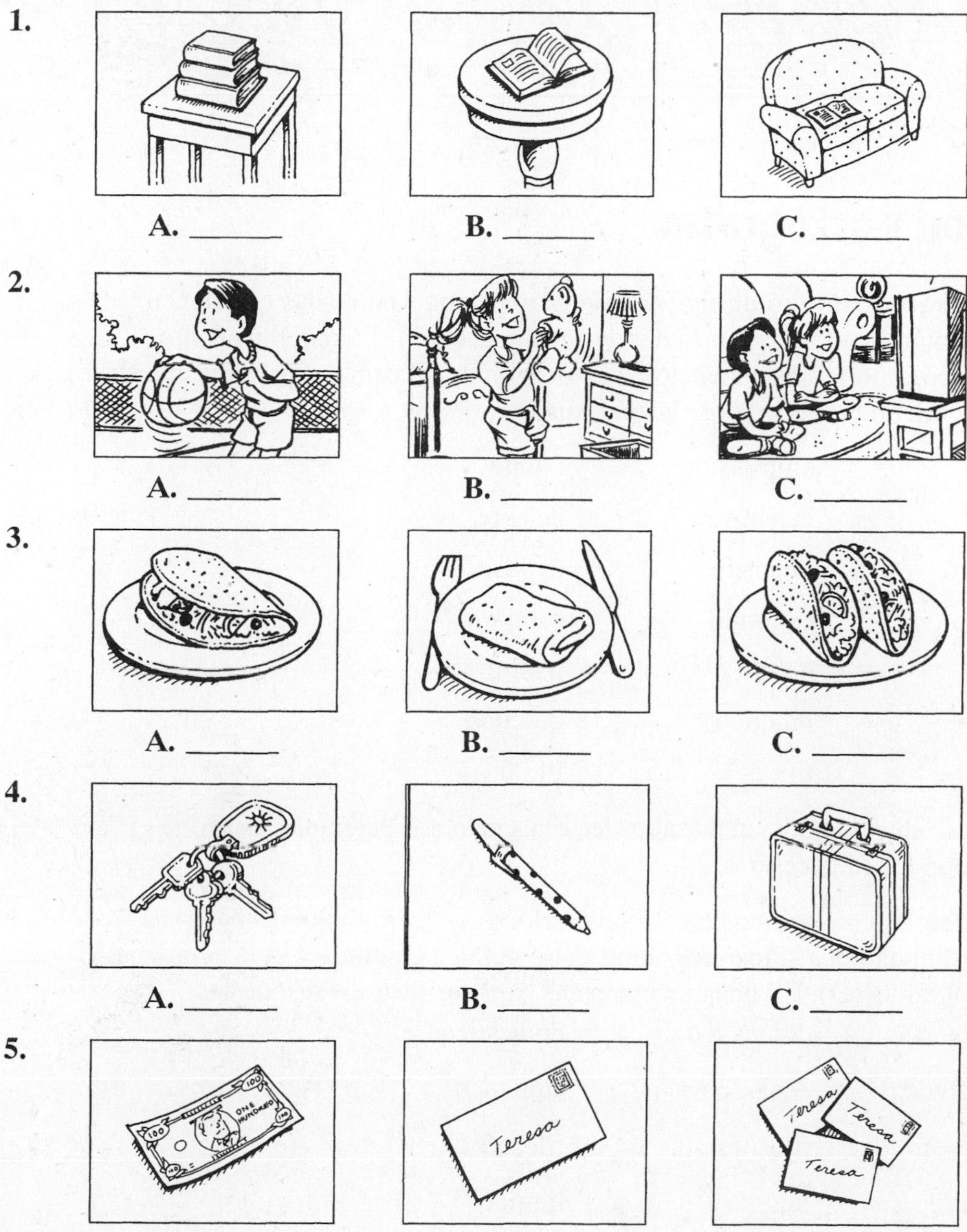

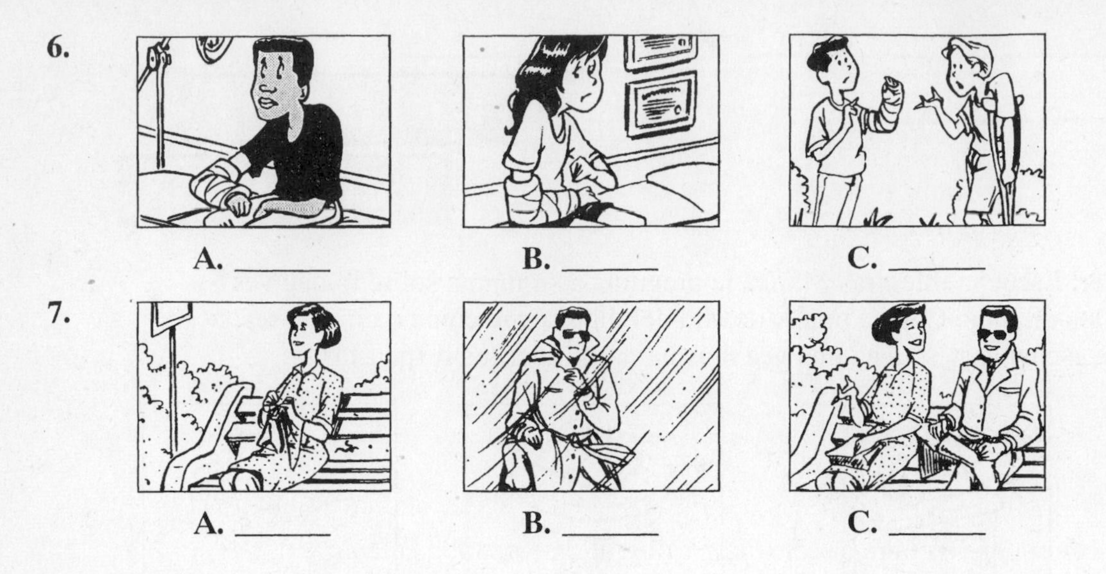

Acentuación y ortografía

E

Palabras que cambian de significado. Hay palabras parecidas que tienen distintos significados según: 1) dónde va el golpe y 2) si requieren acento ortográfico. Ahora presta atención a la ortografía y al cambio de golpe en estas palabras mientras la narradora las pronuncia.

ánimo   animo   animó
célebre   celebre   celebré
depósito   deposito   depositó
estímulo   estimulo   estimuló
hábito   habito   habitó
práctico   practico   practicó
título   titulo   tituló

Ahora escucha mientras el narrador lee estas palabras parecidas y escribe el acento donde sea necesario.

1. critico   critico   critico
2. dialogo   dialogo   dialogo
3. domestico   domestico   domestico
4. equivoco   equivoco   equivoco
5. filosofo   filosofo   filosofo
6. liquido   liquido   liquido
7. numero   numero   numero
8. pacifico   pacifico   pacifico
9. publico   publico   publico
10. transito   transito   transito

Nombre ______________________ Fecha ____________

Sección ____________

UNIDAD 2

LECCIÓN 2

F **Acento escrito.** Ahora escucha a la narradora leer estas oraciones y coloca el acento ortográfico sobre las palabras que lo requieran.

1. Hoy publico mi libro para que lo pueda leer el publico.
2. No es necesario que yo participe esta vez; participe el sabado pasado.
3. Cuando lo magnifico con el microscopio, pueden ver lo magnifico que es.
4. No entiendo como el calculo debe ayudarme cuando calculo.
5. Pues ahora yo critico todo lo que el critico critico.

G **Dictado.** Escucha el siguiente dictado e intenta escribir lo más que puedas. El dictado se repetirá una vez más para que revises tu párrafo.

México: tierra de contrastes

____

____

____

____

____

____

____

____

____

____

____

____

____

____

¡A explorar!

Gramática en contexto

H **Octavio Paz.** Usando el pretérito, escribe los siguientes datos acerca de este importante escritor mexicano.

MODELOS *Los mexicanos / admirar / Octavio Paz*
Los mexicanos admiraron a Octavio Paz.

Los lectores / admirar / el libro El laberinto de la soledad
Los lectores admiraron el libro *El laberinto de la soledad.*

1. Octavio Paz / recibir / el Premio Nobel de Literatura en 1990

____

2. Octavio Paz / conocer / otros poetas distinguidos como Pablo Neruda y Vicente Huidobro

____

3. Octavio Paz / escribir / artículos en diversas revistas y periódicos

____

4. La Fundación Cultural Octavio Paz / ayudar / escritores con premios y becas

____

5. Los críticos / apreciar mucho / este escritor extraordinario

____

I **Preguntas.** Contesta las siguientes preguntas acerca del cuento de Guillermo Samperio "Tiempo libre".

MODELO *¿Entendiste el cuento?*
Sí, lo entendí perfectamente. o
No, no lo entendí muy bien.

1. ¿Leíste el cuento sin ayuda del diccionario?

____

2. ¿Buscaste las palabras desconocidas en el diccionario?

____

3. ¿Contestaste las preguntas?

____

4. ¿Buscaste otros cuentos de Samperio?

____

Nombre ______________________ Fecha ____________

Sección ______________

UNIDAD 2
LECCIÓN 2

5. ¿Alcanzaste a terminar el cuento?

____

6. ¿Le contaste el cuento a alguna compañera?

____

7. ¿El profesor te explico el final del cuento a tu satisfacción?

____

J

Reacciones de amigos. ¿Cómo reaccionaron algunos de tus amigos después de leer el cuento "Tiempo libre"?

MODELO *A Marisela / fascinar / el cuento*
A Marisela le fascinó el cuento.

1. A Yolanda / encantar / la transformación del señor

____

2. A las hermanas Rivas / entristecer / la mala fortuna / protagonista

____

3. A Gabriel / sorprender / el final / cuento

____

4. A Enrique / molestar / la reacción / la recepcionista en / oficinas del periódico

____

5. A mí / gustar mucho / las letrashormiga

____

6. A David / impresionar / el final

____

7. A todos nosotros / interesar / el cuento

____

K **Los gustos de la familia.** Di lo que le gusta hacer a cada uno de los miembros de tu familia.

MODELO

A mi abuela le encanta coser.

Vocabulario útil

encantar	**fascinar**	**gustar**
el biberón	armar rompecabezas	correr
comida china	piano	dormir
coser	sofá	programas deportivos

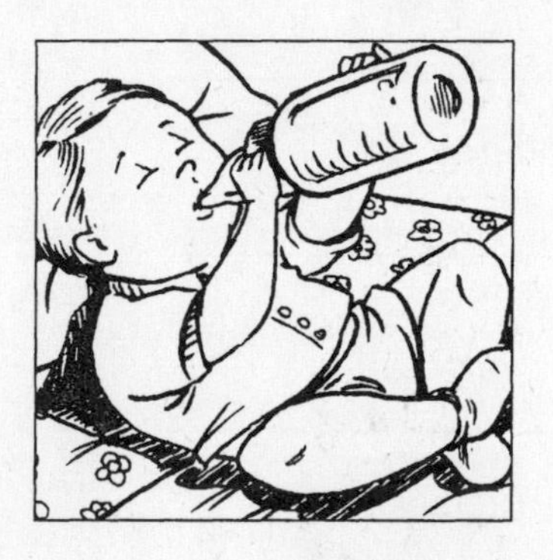

1. ______________________________

____

2. ______________________________

____

Nombre ______________________ Fecha ____________

Sección ____________

UNIDAD 2
LECCIÓN 2

3. ______________________________

____

4. ______________________________

____

5. ______________________________

____

6. ______________________________

____

Vocabulario activo

L **Sopa de letras.** Encuentra los nombres de veinte verduras en la siguiente sopa de letras y táchalas. Luego, para encontrar la respuesta a la pregunta que sigue, pon en los espacios en blanco las letras que no tachaste, empezando de izquierda a derecha y de arriba hacia abajo.

Comida vegetariana

C	I	N	E	E	S	P	I	N	A	C	A	S	O
L	E	C	O	C	H	A	Y	O	T	E	E	N	E
R	Z	B	H	P	E	G	A	T	E	T	I	C	S
B	A	L	O	A	A	O	E	S	O	P	S	A	P
E	N	E	U	L	M	L	N	L	E	A	A	L	A
R	A	C	P	A	L	P	E	P	T	R	T	A	R
E	H	H	E	D	E	A	I	I	L	A	C	B	R
N	O	U	U	L	T	I	C	N	A	U	R	A	A
J	R	G	A	D	L	A	I	R	O	J	A	Z	G
E	I	A	O	O	B	R	I	A	A	N	O	A	O
N	A	I	C	A	Y	N	O	U	N	B	E	J	S
A	P	O	L	E	P	A	Z	O	T	E	A	S	U
A	R	A	P	I	M	I	E	N	T	O	S	N	E
B	C	G	O	A	L	C	A	C	H	O	F	A	O

¿Qué es el regateo?

¡__ __ __ __ __ __ __ __ __ __ __ __ __ __

__ __ __ __ __ __ __ __ __ __ __ __ __ __ __ __

__ __ __ __ __ __ __ __ __ __ __

__ __ __ __ __!

Nombre ______________________ Fecha ____________

Sección ____________

UNIDAD 2

LECCIÓN 2

M **Sinónimos.** Indica qué palabra de la segunda columna es la sinónima de cada palabra de la primera columna.

____	**1.** ejote	**a.** choclo
____	**2.** betabel	**b.** porotos
____	**3.** chile	**c.** guisantes
____	**4.** maíz	**d.** remolacha
____	**5.** cacahuate	**e.** batata
____	**6.** chícharos	**f.** habichuelas
____	**7.** papa	**g.** palta
____	**8.** frijoles	**h.** maní
____	**9.** camote	**i.** patata
____	**10.** aguacate	**j.** ají

Composición: *descripción de semejanzas*

N **Tu nombre en náhuatl.** En el mundo azteca, antes de la llegada de los españoles, era una práctica común que los nombres de las personas incluyeran el nombre de uno de los veinte *tonalli* o espíritus solares que simbolizaban los veinte días del calendario azteca. Escoje el *tonalli* con el que mejor te identifiques y en una hoja en blanco escribe las cualidades que consideres propias de ese símbolo. ¿Qué semejanzas encuentras entre el símbolo que elegiste y tu personalidad?

Los veinte *tonalli*

cipactli: cocodrilo	*océlotl:* jaguar
ehécatl: viento	*cuauhtli:* águila
calli: casa	*cozcazcuauhtli:* zopilote
cuetzpalin: lagartija	*ollin:* movimiento
cóatl: serpiente	*ozomatli:* mono
máztl: venado	*malinalli:* hierba
miquiztli: muerte	*técpatl:* pedernal
tochtli: conejo	*ácatl:* caña
atl: agua	*quiáhuitl:* lluvia
itzcuintli: perro	*xóchitl:* flor

Nombre ______________________ Fecha ______________

Sección ______________

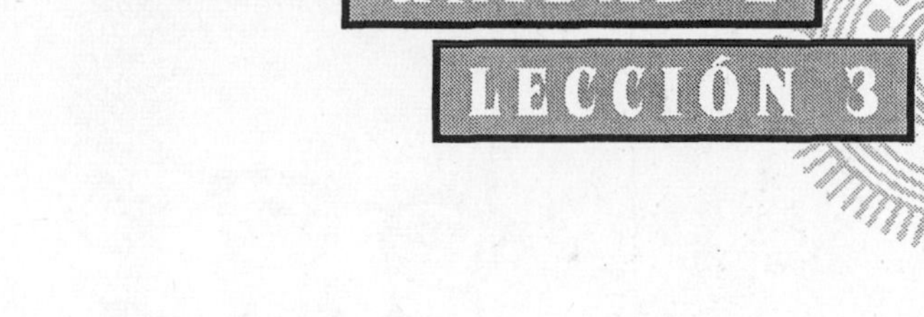

¡A escuchar!

Gente del Mundo 21

A **Luis Muñoz Marín.** En una escuela secundaria de San Juan de Puerto Rico, una maestra de historia les hace preguntas a sus alumnos. Escucha con atención lo que dicen y luego marca si cada oración que sigue es **cierta (C)** o **falsa (F)**.

C F **1.** Luis Muñoz Marín fue el primer gobernador de Puerto Rico elegido directamente por los puertorriqueños.

C F **2.** Luis Muñoz Marín fue elegido gobernador por primera vez en 1952.

C F **3.** Su partido político era el Partido Popular Democrático.

C F **4.** Luis Muñoz Marín fue elegido gobernador de Puerto Rico cuatro veces.

C F **5.** El gobierno de Luis Muñoz Marín nunca aprobó que Puerto Rico se tranformara en Estado Libre Asociado de EE.UU.

B **Elecciones dominicanas.** Escucha lo que dice un profesor de la Universidad de Santo Domingo a un grupo de estudiantes extranjeros que están estudiando en República Dominicana y luego marca si cada oración que sigue es **cierta** (C) o **falsa** (F).

C F **1.** Aunque tiene el nombre de República Dominicana, en este país no se celebran regularmente elecciones.

C F **2.** Rafael Leónidas Trujillo duró más de treinta años en el poder.

C F **3.** Joaquín Balaguer fue nombrado presidente por primera vez en 1966.

C F **4.** En República Dominicana el presidente no se puede reelegir.

C F **5.** Las elecciones presidenciales de 1994 causaron mucha controversia debido a que desapareció casi un tercio de los votos.

Cultura y gramática en contexto

C **¡Qué desastre!** Escucha la siguiente narración acerca del viaje de Ricardo a Puerto Rico y luego indica qué opción completa mejor cada oración. Escucha una vez más para verificar tus respuestas.

1. El viaje de Ricardo fue...

a. largo.

b. corto.

c. de una semana.

2. La noche antes del viaje Ricardo durmió...

a. mal.

b. ocho horas.

c. muy bien toda la noche.

3. Ricardo perdió el avión porque...

a. el vuelo salió antes de la hora.

b. no encontró taxi para ir al aeropuerto.

c. se quedó dormido.

4. En San Juan obtuvo un hotel...

a. muy bueno.

b. muy barato.

c. terrible.

5. Al comer en un restaurante, a Ricardo...

a. le gustó lo que le sirvieron.

b. quedó encantado con la comida puertorriqueña.

c. se enfermó hasta la hora de la partida.

6. En resumen, durante su viaje Ricardo...

a. no conoció nada de San Juan.

b. conoció a muchos amigos en San Juan.

c. se divirtió y se rió mucho durante su estadía en San Juan.

D

El Club de Español. Un estudiante habla de su experiencia como miembro de un club de español. Indica con un círculo el verbo que escuchas en cada oración. Escucha una vez más para verificar tus respuestas.

1. ir	ser	huir
2. traer	contraer	atraer
3. haber	saber	tener
4. oír	ver	ir
5. poder	poner	caber

Pronunciación y ortografía

E

Guía para el uso de la letra *c*. La **c** en combinación con la **e** y la **i** tiene el sonido **/s/**[*] y frente a las vocales **a, o** y **u** tiene el sonido **/k/**. Observa esta relación entre los sonidos de la letra **c** y el deletreo al escuchar a la narradora leer estas palabras.

/k/	/s/
catastrófi**ca**	**ce**der
constitución	**ci**vilización
cuentos	**ci**vil
electróni**co**	enrique**ce**rse
vo**ca**lista	exporta**ci**ón
gigantes**co**	recono**ci**do

Ahora, escucha a los narradores leer las siguientes palabras. Marca con un círculo el sonido que oyes en cada una.

1 **/k/** **/s/**
2. **/k/** **/s/**
3. **/k/** **/s/**
4. **/k/** **/s/**
5. **/k/** **/s/**
6. **/k/** **/s/**
7. **/k/** **/s/**
8. **/k/** **/s/**
9. **/k/** **/s/**
10. **/k/** **/s/**

F

Deletreo con la letra *c*. Ahora, escucha a los narradores leer las siguientes palabras y escribe las letras que faltan en cada una.

1. e s ______ n a r i o
2. a s o ______ a d o
3. ______ l o n o
4. d e n o m i n a ______ ó n
5. g i g a n t e s ______
6. ______ ñ a
7. p r e s e n ______ a
8. a ______ l e r a d o
9. p e t r o q u í m i ______
10. f a r m a ______ u t i ______

*En España, la **c** delante de la **e** o **i** tiene el sonido de la combinación *th* de la palabra *thin* en inglés.

Nombre ______________________ Fecha ____________

Sección ____________

UNIDAD 2

LECCIÓN 3

G **Dictados.** Escucha los siguientes dictados e intenta escribir lo más que puedas. Los dictados se repetirán una vez más para que revises tus párrafos.

La cuna de América

____

____

____

____

____

____

____

Estado Libre Asociado de EE.UU.

____

____

____

____

____

____

____

¡A explorar!

Gramática en contexto

H **Fue un día atípico.** ¿Qué le dices a un amigo para explicarle que ayer tu hermana tuvo un día atípico?

MODELO *Generalmente se despierta temprano.*
Pero ayer se despertó muy tarde.

1. Siempre consigue un lugar para estacionar el coche cerca del trabajo.

____

2. Generalmente se siente bien.

____

3. Nunca se duerme en el trabajo.

____

4. Por lo general se concentra en su trabajo y no se distrae.

____

5. Siempre tiene tiempo para almorzar.

____

6. Normalmente resuelve rápidamente los problemas de la oficina.

____

7. Generalmente vuelve a casa tarde.

____

I **El sueño de una vida.** Completa la siguiente narración acerca de un jugador dominicano de las Grandes Ligas.

De muchachito en San Francisco de Macorís, César siempre ______________ (1. soñar) con convertirse en una estrella de las Grandes Ligas de EE.UU. Cuando ______________ (2. obtener) su primer bate, ______________ (3. ir) a un campo de béisbol y ______________ (4. jugar) con otros niños de su edad. Él se ______________ (5. dar) cuenta de la necesidad de practicar regularmente porque ese día nada le ______________ (6. salir) muy bien. Las prácticas y los juegos se ______________ (7. repetir) a través de toda su infancia. A los diez años

Nombre ______________________ Fecha ____________

Sección ____________

UNIDAD 2
LECCIÓN 3

______________ (8. tener) la oportunidad de entrar en un equipo y se ______________ (9. poner) muy contento. Poco a poco se ______________ (10. convertir) en un buen jugador. Ya de adulto, ______________ (11. andar) con suerte porque ______________ (12. poder) probar en un equipo profesional norteamericano y ¡______________ (13. ser) aceptado!

Vocabulario activo

J **Asociaciones.** Indica qué palabra o frase de la segunda columna se relaciona con cada palabra o frase de la primera.

____ **1.** bateador	**a.** dejarse caer al correr
____ **2.** lanzador	**b.** deporte para dos personas
____ **3.** natación	**c.** hace un cuadrangular
____ **4.** básquetbol	**d.** se hace en un lago, río u océano
____ **5.** deslizar	**e.** requiere caballo
____ **6.** lucha libre	**f.** requiere tubo de respiración
____ **7.** pescar	**g.** tira la pelota
____ **8.** bucear	**h.** requiere bote
____ **9.** montar	**i.** requiere canasta
____ **10.** navegar	**j.** piscina

K **Lógica.** En cada grupo de palabras, subraya aquella palabra o frase que no esté relacionada con el resto.

1. natación	montar a caballo	bucear	navegar	hacer surf
2. hacer un jit	hacer golpes ilegales	hacer un cuadrangular	hacer windsurf	hacer un batazo
3. jardinero	lanzador	receptor	árbitro	guardabosque
4. árbitro	pelota	jardinero	bateador	receptor
5. beisbolista	baloncesto	voleibol	tenis	béisbol

Composición: *informar*

L **Colón y Puerto Rico.** Selecciona uno de los siguientes temas y escribe una breve composición, según las indicaciones.

El diario de Cristóbal Colón. Imagina que tú eres el famoso almirante Cristóbal Colón. En el diario que escribes para la reina Isabel la Católica, le informas que el 6 de diciembre de 1492 llegaste a una hermosa isla. Los indígenas la llaman Quisqueya, pero tú le has dado el nuevo nombre de La Española. En una hoja en blanco, dirige el informe a la Reina y explícale brevemente lo sucedido ese día.

Tres alternativas. En una hoja en blanco, escribe una composición en la que das los argumentos a favor y en contra de cada una de las tres alternativas que tiene Puerto Rico para su futuro político: 1) continuar como Estado Libre Asociado de EE.UU., 2) convertirse en otro estado de EE.UU. o 3) lograr la independencia.

Nombre ______________________ Fecha ____________

Sección ____________

¡A escuchar!

Gente del Mundo 21

A **Reconocido artista cubano.** Escucha lo que dicen dos estudiantes cubanos al visitar un museo de arte de La Habana y luego marca si cada oración que sigue es **cierta** (C) o **falsa** (F).

C F **1.** La única razón por la cual Wifredo Lam es el artista favorito de Antonio es que es originario de la provincia de Las Villas.

C F **2.** Wifredo Lam vivió en Sevilla durante trece años.

C F **3.** El artista cubano nunca conoció al artista español Pablo Picasso.

C F **4.** En la década de los 40, Wifredo Lam regresó a Cuba y pintó cuadros que tenían como tema principal las calles de París.

C F **5.** Su cuadro *La selva,* pintado en 1943, tiene inspiración afrocubana.

C F **6.** Desde la década de los 50, este artista cubano vivió el resto de su vida en Cuba, donde murió en 1982.

Cultura y gramática en contexto

B **Domingos del pasado.** Escucha lo que dice Nora acerca de cómo pasaba los domingos cuando era pequeña y luego indica si las oraciones que siguen son **ciertas (C)** o **falsas (F).** Escucha una vez más para verificar tus respuestas.

Vocabulario útil

interminable: *sin fin*
lento: *despacio*
misa: *servicio religioso*

C F **1.** Antes de la misa, paseaban por la plaza.

C F **2.** Casi siempre un pariente almorzaba con la familia.

C F **3.** Los almuerzos no duraban mucho tiempo.

C F **4.** Después del almuerzo, a veces iban a ver una película.

C F **5.** El domingo era un día lleno de aburrimiento.

C **Robo.** Escucha el siguiente diálogo y luego completa las oraciones que siguen. Escucha una vez más para verificar tus respuestas.

Vocabulario útil

apresar: *capturar*	gozar: *disfrutar*
cartera: *bolso*	gritar: *llamar en voz alta*
chocar: *pegar violentamente*	ladrón: *persona que roba*
darse cuenta: *descubrir*	marido: *esposo*
echar a perder: *arruinar*	pasear: *caminar*

1. Ramiro caminaba...

a. por el centro de la ciudad.

b. por algunos lugares oscuros.

c. por el parque.

2. Una señora se cayó al suelo porque...

a. alguien chocó contra ella.

b. chocó contra un árbol.

c. tropezó con Ramiro, accidentalmente.

Nombre ______________________ Fecha ____________

Sección ____________

UNIDAD 2

LECCIÓN 4

3. La señora gritaba porque...

  a. conocía al muchacho.

  b. nadie llamaba al médico.

  c. le habían robado la cartera.

4. La policía...

  a. no llegó nunca.

  b. llegó pero no detuvo a nadie.

  c. interrogó al esposo y a Ramiro.

5. Ramiro piensa que el paseo...

  a. fue una mala idea.

  b. fue agradable a pesar de todo.

  c. fue una experiencia que tranquiliza a cualquiera.

D **¿Sueño o realidad?** Escucha la siguiente narración y luego indica si las oraciones que aparecen a continuación son **ciertas** (**C**) o **falsas** (**F**). Escucha una vez más para verificar tus respuestas.

C F **1.** La escena ocurre por la noche.

C F **2.** La persona que cuenta la historia escucha que alguien golpea la puerta.

C F **3.** Puede ver a unos desconocidos que entran en el cuarto del lado.

C F **4.** Más tarde escucha unos disparos de revólver.

C F **5.** No escucha más ruidos.

C F **6.** El narrador está seguro de que ha tenido un mal sueño.

C F **7.** La recepcionista del hotel le explica exactamente qué pasó.

Pronunciación y ortografía

E **Los sonidos /k/ y /s/.** El deletreo de estos sonidos con frecuencia resulta problemático al escribir. Esto se debe a que varias consonantes pueden representar cada sonido según la vocal que las sigue. El primer paso para aprender a evitar problemas de ortografía es reconocer los sonidos. En las siguientes palabras, indica si el sonido que escuchas en cada una es **/k/** o **/s/**. Cada palabra se repetirá dos veces.

1. /k/ /s/	**6.** /k/ /s/
2. /k/ /s/	**7.** /k/ /s/
3. /k/ /s/	**8.** /k/ /s/
4. /k/ /s/	**9.** /k/ /s/
5. /k/ /s/	**10.** /k/ /s/

Deletreo del sonido /k/.* Al escuchar las siguientes palabras con el sonido **/k/**, observa cómo se escribe este sonido.

ca	**ca**ña	fra**ca**sar
que	**que**so	enri**que**cer
qui	**Qui**to	monar**quí**a
co	**co**lonización	soviéti**co**
cu	**cu**ltivo	o**cu**pación

Deletreo del sonido /s/. Al escuchar las siguientes palabras con el sonido **/s/**, observa cómo se escribe este sonido.

sa o **za**	**sa**grado	**za**mbullir	pobre**za**
se o **ce**	**se**gundo	**ce**ro	enrique**ce**r
si o **ci**	**si**tuado	**ci**viliza**ci**ón	pala**ci**o
so o **zo**	**so**viético	**zo**rra	colap**so**
su o **zu**	**su**icidio	**zu**rdo	in**su**rrección

* Este sonido también ocurre deletrado con la agrupación **qu** en palabras incorporadas al español como préstamos de otros idiomas, como *quáter, quásar* y *quórum.* Sólo ocurre deletreado con la letra **k** en palabras prestadas o derivadas de otros idiomas, como *karate, koala* y *kilo.*

Nombre ______________________ Fecha ____________

Sección ____________

UNIDAD 2

LECCIÓN 4

F **Deletreo de los sonidos /k/ y /s/.** Ahora, escucha a los narradores leer las siguientes palabras y escribe las letras que faltan en cada una.

1. ____ p i t a n í a
2. o p r e ____ ó n
3. b l o ______ a r
4. f u e r ____
5. r e ____ l v e r
6. o l i g a r ______ a
7. ____ r g i r
8. ____ m u n i s t a
9. u r b a n i ____ d o
10. ____ r o n e l

G **Dictado.** Escucha el siguiente dictado e intenta escribir lo más que puedas. El dictado se repetirá una vez más para que revises tu párrafo.

El proceso de independencia de Cuba

____

____

____

____

____

____

____

____

____

____

____

____

____

____

¡A explorar!

Gramática en contexto

H **Exageraciones paternas.** ¿Cómo era la vida del padre de tu mejor amigo cuando asistía a la escuela primaria? Para saberlo, completa este párrafo con el **imperfecto** de los verbos indicados entre paréntesis.

Cuando yo ____________________ (1. ser) pequeño, ____________________ (2. vivir / nosotros) en una granja en las afueras del pueblo. Yo ____________________ (3. levantarse) todos los días a las cinco y media de la mañana, ____________________ (4. alimentar) a las gallinas que ____________________ (5. tener / nosotros), ____________________ (6. arreglarse), ____________________ (7. tomar) el desayuno y ____________________ (8. salir) hacia la escuela. La escuela no ____________________ (9. estar) cerca de la casa y en ese entonces no ____________________ (10. haber) autobuses; yo ____________________ (11. deber) caminar para llegar a la escuela. En los días de invierno, ____________________ (12. ser) más difícil todavía, porque ____________________ (13. hacer) un frío enorme. ¡Ah!, y cuando ____________________ (14. nevar), ____________________ (15. necesitar / yo) un tiempo enorme para llegar a la escuela. Hoy en día, todo es demasiado fácil. Ustedes son una generación de niños mimados.

Nombre ______________________ Fecha ______________

Sección ______________

UNIDAD 2

LECCIÓN 4

I

Actividades de verano. Di lo que hacían las siguientes personas el domingo pasado por la tarde.

MODELO

Pedrito

Pedrito pescaba.

Vocabulario útil

acampar en las montañas
andar a caballo
bañar al perro
dar un paseo
escalar montañas
ir de compras
levantar pesas
montar en bicicleta
nadar en la piscina
practicar esquí acuático
tomar sol

Lola y Arturo

1. ______________

Los hijos de Benito

2. ______________

Marcela y unos amigos

3. ______________

Carlitos

4. ______________

Gloria

5. ______________

?

Yo

6. ______________

J

Discrepancias. Tú eres una persona positiva pero tu compañero(a) es muy negativo(a) y siempre te contradice. ¿Cómo reacciona a tus comentarios sobre la cultura cubana?

MODELO *Siempre me ha interesado viajar.*
Nunca me ha interesado viajar.

Vocabulario útil

algo	nada	no / ni... ni	siempre
alguien	nadie	nunca	también
alguno	ninguno	o	tampoco

1. Me gustaría visitar Guantánamo o Pinar del Río.

____

____

2. Me gustaría visitar La Habana también.

____

____

3. Quiero aprender algo acerca de la música cubana.

____

____

4. Siempre me ha interesado la música cubana.

____

____

5. He leído algunos artículos interesantes acerca de Ibrahim Ferrer y el Buena Vista Social Club.

____

____

Nombre ____________________ Fecha ____________

Sección ____________

UNIDAD 2
LECCIÓN 4

K **¿Qué le pasará?** Completa el siguiente texto con expresiones negativas para describir un cambio evidente en la conducta de un amigo.

MODELO *Antes iba al cine a menudo; ahora no va ____________ al cine.*
Antes iba al cine a menudo; ahora no va nunca al cine.

Vocabulario útil

jamás	nadie	ninguno	nunca
nada	ni	ni... ni	tampoco

1. Antes salía con amigos; ahora no sale con ____________.
2. Antes estudiaba todos los días; ahora no estudia casi ____________.
3. Antes venía a verme a mi casa o me llamaba por teléfono; ahora ____________ viene a verme ____________ me llama por teléfono.
4. Antes practicaba varios deportes; ahora no practica ____________ deporte.

Vocabulario activo

L **Descripciones.** Indica qué frase de la segunda columna describe correctamente cada palabra de la primera.

_____	**1.** conga	**a.** campana pequeña
_____	**2.** paso	**b.** rápido
_____	**3.** movimiento	**c.** dos palos
_____	**4.** cencerro	**d.** baile cubano
_____	**5.** acelerado	**e.** ritmo
_____	**6.** embrujar	**f.** acción de mover
_____	**7.** palpitante	**g.** tambor largo como un barril
_____	**8.** claves	**h.** emocionante
_____	**9.** habanera	**i.** cautivar
_____	**10.** compás	**j.** movimiento de los pies

M **Lógica.** En cada grupo de palabras, subraya aquélla que no esté relacionada con el resto.

1. apasionado	cautivante	palpitante	romántico	chequere
2. cueca	cumbia	merengue	güiro	pregón
3. salado	cadencia	compás	ritmo	paso
4. rico	sabroso	maracas	salado	acelerado
5. vals	guaracha	salsa	sabroso	samba

Composición: *expresar opiniones*

N **El bloqueo de EE.UU. contra Cuba.** En una hoja en blanco, escribe una composición argumentando una posición a favor o en contra del embargo comercial decretado por el gobierno de EE.UU. contra Cuba desde 1961.

Nombre ______________________ Fecha ______________

Sección ______________

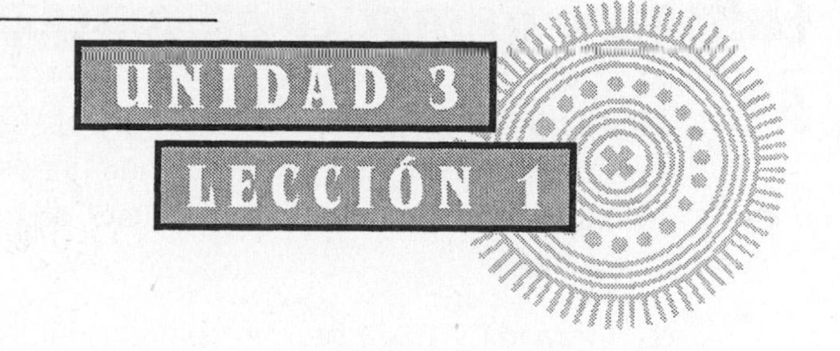

¡A escuchar!

Gente del Mundo 21

A **La ex-Presidenta de Nicaragua.** Escucha lo que dice un comentarista de una estación de televisión centroamericana al presentar a la ex-Presidenta de Nicaragua. Luego marca si cada oración que sigue es **cierta (C)** o **falsa (F)**.

C F **1.** Después del asesinato de su esposo, doña Violeta Barrios de Chamorro vendió el periódico *La Prensa* y se mudó a Miami.

C F **2.** De julio de 1979 a abril de 1980, Violeta Barrios de Chamorro formó parte de la Corte Suprema de la Justicia.

C F **3.** Violeta Barrios de Chamorro llegó a la presidencia en 1990 después de triunfar en las elecciones libres.

C F **4.** El gobierno de Chamorro logró la reconciliación de las fuerzas contrarrevolucionarias.

C F **5.** En 1997 Violeta Barrios de Chamorro volvió a ser directora de *La Prensa.*

Cultura y gramática en contexto

B **Historia de dos ciudades.** Escucha el siguiente texto acerca de las ciudades de Granada y León y luego selecciona la opción correcta para completar las oraciones que aparecen a continuación. Escucha una vez más para verificar tus respuestas.

1. Granada y León fueron fundadas en...

a. 1624.

b. 1554.

c. 1524.

2. Granada era un centro...

a. comercial importante.

b. intelectual importante.

c. religioso importante.

3. El centro del partido liberal estaba...

a. en Granada.

b. en León.

c. algunas veces en León y otras veces en Granada.

4. La primera capital de Nicaragua no fue Managua sino...

a. León.

b. Granada.

c. una ciudad cerca de León.

5. La razón por la cual nombraron a Managua capital de Nicaragua fue...

a. porque estaba más cerca de Granada que de León.

b. porque era la ciudad más rica de Nicaragua.

c. para terminar con la rivalidad y los conflictos continuos entre León y Granada.

Nombre ______________________ Fecha ____________

Seccion ____________

UNIDAD 3

LECCIÓN 1

C **Un presidente aventurero.** Escucha la siguiente narración acerca de William Walker. Luego selecciona la opción correcta para completar las oraciones que aparecen a continuación. Escucha una vez más para verificar tus respuestas.

1. William Walker era ciudadano...

- **a.** estadounidense.
- **b.** nicaragüense.
- **c.** británico.

2. William Walker apoyó a los miembros del partido...

- **a.** conservador.
- **b.** democrático.
- **c.** liberal.

3. Los eventos que aparecen en esta narración ocurrieron en...

- **a.** el siglo XVIII.
- **b.** 1955.
- **c.** el siglo XIX.

4. William Walker llegó a ser presidente de Nicaragua...

- **a.** porque tomó el poder por la fuerza.
- **b.** porque ganó las elecciones.
- **c.** el ejército lo nombró presidente.

5. La presidencia de William Walker duró...

- **a.** más de diez años.
- **b.** un corto tiempo.
- **c.** más de cinco años.

Pronunciación y ortografía

D

Guía para el uso de la letra *z*. La **z** tiene sólo un sonido /s/,* que es idéntico al sonido de la **s** y al de la **c** en las combinaciones **ce** y **ci.** Observa el deletreo de este sonido al escuchar a la narradora leer las siguientes palabras.

/s/	/s/	/s/
zapote	**ce**ntro	**s**altar
zacate	**ce**rámica	a**s**e**s**inado
zona	**ci**clo	**s**o**ci**edad
ar**z**obispo	pro**ce**so	subde**s**arrollo
i**z**quierdista	violen**ci**a	tra**s**ladar**s**e
die**z**	apre**ci**ado	di**s**uelto

Ahora, escucha a los narradores leer las siguientes palabras y escribe las letras que faltan en cada una.

1. ______ r r o
2. v e n g a n ______
3. f o r t a l e ______
4. a ______ c a r
5. f u e r ______
6. g a r a n t i ______ r
7. l a n ______ d o r
8. f o r ______ d o
9. m ______ c l a r
10. n a c i o n a l i ______ r

*En España, la **z** tiene el sonido de la combinación *th* de la palabra *thin* en inglés.

Nombre ______________________________ Fecha ________________

Sección ________________

UNIDAD 3

LECCIÓN 1

E

Deletreo con la letra *z*. La **z** siempre se escribe en ciertos sufijos, patronímicos y terminaciones.

- Con el sufijo **-azo** (indicando una acción realizada con un objeto determinado)

  latig**azo** puñet**azo** botell**azo** manot**azo**

- Con los patronímicos (apellidos derivados de nombres propios españoles) **-az, -ez, -iz, -oz, -uz**

  Alcar**az** Domíngu**ez** Ru**iz** Muñ**oz**

- Con las terminaciones **-ez, -eza** de sustantivos abstractos

  timid**ez** honrad**ez** nobl**eza** trist**eza**

Ahora, escucha a los narradores leer las siguientes palabras y escribe las letras que faltan en cada una.

1. g o l p ___ ___ ___
2. e s c a s ___ ___
3. Á l v a r ___ ___
4. G o n z á l ___ ___
5. g o l ___ ___ ___
6. p e r ___ ___ ___
7. g a r r o t ___ ___ ___
8. L ó p ___ ___
9. e s p a d ___ ___ ___
10. r i g i d ___ ___

F **Dictado.** Escucha el siguiente dictado e intenta escribir lo más que puedas. El dictado se repetirá una segunda vez para que revises tu párrafo.

El proceso de la paz en Nicaragua

Nombre ______________________ Fecha ____________

Sección ______________

¡A explorar!

Gramática en contexto

G **Datos sobre Nicaragua.** Una estudiante nueva de Nicaragua llegó a tu escuela. Ahora ella está contando algo sobre la historia y la cultura de su país. Para saber qué dice, completa cada oración con el **pretérito** o el **imperfecto** del verbo indicado.

1. Antes de la llegada de los españoles, los nicaraos eran la tribu que __________________ (vivir) en el territorio que hoy es Nicaragua.
2. Los arqueólogos __________________ (descubrir) huellas prehistóricas en Acahualinca, a orillas del lago Managua.
3. Los indígenas de la región __________________ (ser) forzados a trabajar en las minas de Perú.
4. El patriota César Augusto Sandino luchó contra las tropas estadounidenses que __________________ (ocupar) el país.
5. Dicen que el poeta Rubén Darío escribió sus primeros versos cuando apenas __________________ (tener) once años de edad.
6. Daniel Ortega __________________ (gobernar) Nicaragua entre 1984 y 1990.
7. Violeta Barrios de Chamorro __________________ (derrotar) a Daniel Ortega en las elecciones presidenciales de 1990.

H **Fuimos al cine.** ¿Qué hicieron tú y tus amigos ayer? Para saberlo, completa la siguiente narración con la forma apropiada del **pretérito** o del **imperfecto** de los verbos indicados entre paréntesis.

Ayer ______________ (1. estar / nosotros) un poco aburridos y ______________ (2. decidir) ir al cine. En el Cine Imperio ______________ (3. estar) exhibiendo *Como agua para chocolate,* basada en la novela de Laura Esquivel, y ______________ (4. ir) a ver esa película. A mí me ______________ (5. gustar) mucho la actuación de Lumi Cavazos, quien ______________ (6. hacer) el papel de Tita, la que ______________ (7. preparar) platos deliciosos, y de Marco Leonardi, quien

_______________ (8. interpretar) a Pedro, su enamorado. El director Alfonso Arau, pienso yo, _______________ (9. respetar) el espíritu de la novela de Laura Esquivel y nos _______________ (10. entregar) una película excelente y bastante divertida. Después, todos nosotros _______________ (11. ir) a un café para hablar de la película. Cada uno _______________ (12. decir) qué parte de la película le _______________ (13. gustar) más.

Vocabulario activo

I **Lógica.** En cada grupo de palabras, subraya la palabra que tiene un significado muy parecido a lo de la primera palabra de cada lista.

1. camino	carretera	neumático	casco	freno
2. camión	tren	carreta	camioneta	bicicleta
3. barco	canoa	buque	lancha	bote de remo
4. directo	despejar	ida y vuelta	aterrizar	sin escalas
5. estribo	freno	pedal	palanca	guardabarros

J **Relación.** Indica qué palabra o frase de la segunda columna está relacionada con cada palabra o frase de la primera.

____	**1.** andén	**a.** neumático
____	**2.** llanta	**b.** canoa
____	**3.** rayo	**c.** aterrizar
____	**4.** mulas	**d.** casa rodante
____	**5.** calle	**e.** avión pequeño
____	**6.** bote de remo	**f.** eje
____	**7.** vehículo	**g.** pasajeros
____	**8.** avioneta	**h.** ferrocarril
____	**9.** despegar	**i.** camino
____	**10.** transbordador	**j.** carretas

Composición: *expresar opiniones*

K **Editorial.** Imagina que trabajas para un diario nicaragüense y tu jefe te ha pedido que escribas un breve editorial sobre el conflicto, a fines del siglo pasado, entre los “contras” y los sandinistas. En una hoja en blanco, desarrolla por lo menos tres puntos sobre los que quieres que reflexionen tus lectores.

Nombre ______________________ Fecha ____________

Sección ____________

UNIDAD 3

LECCIÓN 2

¡A escuchar!

Gente del Mundo 21

A **Lempira.** Escucha con atención lo que dicen dos estudiantes y luego marca si cada oración que sigue es **cierta** (C) o **falsa** (F).

C F **1.** La moneda nacional de Honduras se llama colón.

C F **2.** El lempira tiene el mismo valor monetario que el dólar.

C F **3.** Lempira fue el nombre que le dieron los indígenas a un conquistador español.

C F **4.** Lempira significa "señor de las sierras".

C F **5.** Lempira organizó la lucha de los indígenas contra los españoles en el siglo XIX.

C F **6.** Según la leyenda, Lempira murió asesinado por un soldado español cuando negociaba la paz.

Cultura y gramática en contexto

B **Los mayas.** Escucha el siguiente texto acerca de la civilización maya y luego indica si la información que figura a continuación aparece en el texto (**Sí**) o no (**No**). Escucha una vez más para verificar tus respuestas.

Sí **No** **1.** Hasta hace poco todos creían que los mayas constituían un pueblo tranquilo.

Sí **No** **2.** Los mayas se dedicaban a la agricultura.

Sí **No** **3.** Ahora se sabe que los mayas practicaban sacrificios humanos.

Sí **No** **4.** Las ciudades mayas tenían pirámides fabulosas.

Sí **No** **5.** Se han encontrado nuevos datos con respecto a los mayas en libros sagrados.

Sí **No** **6.** En la actualidad se han descubierto nuevas ciudades mayas.

Sí **No** **7.** Hasta ahora no se ha podido descifrar la escritura jeroglífica de los mayas.

C **Las ruinas de Copán.** Escucha la siguiente narración de Julia Zamora, una estudiante universitaria hondureña, acerca de las ruinas de Copán y luego selecciona la opción correcta para completar las oraciones que aparecen a continuación. Escucha una vez más para verificar tus respuestas.

1. El interés de Julia Zamora por la civilización maya comenzó...

a. cuando estaba en la escuela secundaria.

b. mientras estudiaba en la universidad.

c. cuando vivía en Guatemala.

2. Las ruinas de Copán están localizadas...

a. en Guatemala.

b. en Honduras, muy cerca de la frontera con Guatemala.

c. en la frontera, parte en Guatemala y parte en Honduras.

3. En 1980 la UNESCO declaró a estas ruinas como...

a. Parque Arqueológico Nacional.

b. Patrimonio Cultural de la Humanidad.

c. la Atenas del Nuevo Mundo.

Nombre ______________________ Fecha ____________

Sección ______________

UNIDAD 3

LECCIÓN 2

4. La Gran Plaza y la Acrópolis...
   a. no se pueden visitar desde 1980.
   b. es donde viven ahora los gobernantes de la ciudad.
   c. son parte del Grupo Principal del Parque Arqueológico.
5. En la Escalera de los Jeroglíficos...
   a. se pueden ver representaciones de los gobernantes de Copán.
   b. se encuentra un altar.
   c. se ven dibujos del Período Clásico Tardío.

Pronunciación y ortografía

D **Guía para el uso de la letra *s*.** En lecciones previas aprendiste que la **s** tiene sólo un sonido /**s**/, que es idéntico al sonido de la **z** y al de la **c** en las combinaciones **ce** y **ci.** Observa el deletreo de este sonido cuando la narradora lea las siguientes palabras.

/s/	/s/	/s/
de**s**afío	**z**ambo	**ce**nso
sentimiento	**z**acate	des**ce**ndiente
sindicato	**z**ona	**ci**lantro
colap**s**o	mesti**z**o	**ci**neasta
superar	ra**z**a	ve**ci**no
mu**s**ulmán	actri**z**	con**ci**en**ci**a

Ahora escribe las letras que faltan mientras escuchas a los narradores leer las siguientes palabras.

1. a ____ m i r
2. a c u ____ r
3. v i c t o r i o ____
4. ____ g l o
5. ____ n d i n i s t a
6. a b u ____
7. ____ r i e
8. a ____ l t o
9. d e p r e ____ ó n
10. ____ c i e d a d

E **Deletreo con la letra *s*.** Las siguientes terminaciones se escriben siempre con la **s.**

- Las terminaciones **-sivo** y **-siva**

deci**sivo** pa**sivo** expre**siva** defen**siva**

- La terminación **-sión** añadida a sustantivos que se derivan de adjetivos que terminan en **-so, -sor, -sible, -sivo**

confe**sión** transmi**sión** compren**sión** vi**sión**

- Las terminaciones **-és** y **-ense** para indicar nacionalidad o localidad

holand**és** leon**és** costarri**cense** chihuahu**ense**

- Las terminaciones **-oso** y **-osa**

contagi**oso** estudi**oso** graci**osa** bondad**osa**

- La terminación **-ismo**

capital**ismo** comun**ismo** islam**ismo** barbar**ismo**

- La terminación **-ista**

guitarr**ista** art**ista** dent**ista** futbol**ista**

Ahora escucha a los narradores leer las siguientes palabras y escribe las letras que faltan en cada una.

1. p i a n ____ ____ ____ ____
2. c o r d o b ____ ____
3. e x p l o ____ ____ ____ ____
4. p e r e z ____ ____ ____
5. p a r i s i ____ ____ ____ ____
6. g a s e ____ ____ ____
7. l e n i n ____ ____ ____ ____
8. c o n f u ____ ____ ____ ____
9. p o s e ____ ____ ____ ____
10. p e r i o d ____ ____ ____ ____

Nombre ____________________ Fecha ____________

Sección ____________

UNIDAD 3

LECCIÓN 2

F **Dictado.** Escucha el siguiente dictado e intenta escribir lo más que puedas. El dictado se repetirá una vez más para que revises tu párrafo.

La independencia de Honduras

____

____

____

____

____

____

____

____

____

____

____

____

____

¡A explorar!

Gramática en contexto

G **Tormenta.** Los estudiantes cuentan lo que estaban haciendo cuando comenzó una tormenta en la ciudad. Para saber lo que dicen, observa los dibujos que aparecen a continuación y utiliza los pronombres **yo** o **nosotros,** según corresponda.

MODELO

Yo hablaba por teléfono cuando empezó a llover.

1. ____
____

2. ____
____

3. ____
____

Nombre ______________________ Fecha ____________

Sección ____________

UNIDAD 3

LECCIÓN 2

4. ____

____

5. ____

____

I **Tiempo loco.** Usando los dibujos que figuran a continuación, indica qué actividades hiciste y cómo estaba el tiempo cada día.

MODELO

lunes / salir / casa

El lunes, cuando salí de casa, hacía buen tiempo (había sol).

Vocabulario útil

buen tiempo	estar nevando	frío	nevar
calor	estar nublado	llover	sol
estar lloviendo	fresco	mal tiempo	viento

martes / llegar / casa

1. ____

____

2. ____

____

miércoles / llegar / universidad

3. ____

____

jueves / salir / clase

4. ____

____

viernes / salir / biblioteca

5. ____

____

sábado / llegar / biblioteca

6. ____

____

domingo / jugar / golf

Vocabulario activo

I **Relación.** Subraya la palabra o frase que esté relacionada con la primera palabra o frase de cada grupo.

1. salario	beneficio	inversión	crédito	ingreso
2. bolsa	invertir	contratar	proveer	reducir
3. aumentar	aprovechar	incrementar	rehusar	detener
4. empresa	tasa	presupuesto	compañía	desempleo
5. inversionista	presupuesto	servicios	entrenamiento	acciones

Nombre ______________________ Fecha ____________

Sección ____________

J **La economía global.** Encuentra las siguientes palabras en la sopa de letras que figura más adelante. Luego, para encontrar la respuesta a la pregunta que sigue, pon en los espacios en blanco las letras restantes, empezando de izquierda a derecha y de arriba hacia abajo.

ACCIÓN
AUMENTAR
BENEFICIO
BOLSA
CONTRATAR
CONTROLAR
CRÉDITO
DESEMPLEO
EMPLEO
EMPRESA
EXPORTAR
IMPORTAR
INCREMENTAR
INGRESO
INVERSIÓN
INVERSIONISTA
INVERTIR
OBRERA
PAÍS
PRESUPUESTO
PROVEER
TASA

¡	B	U	C	O	N	T	R	A	T	A	R	A	E
C	O	N	T	R	O	L	A	R	N	O	T	B	S
S	A	U	M	E	N	T	A	R	A	S	A	E	L
I	C	R	E	D	I	T	O	S	I	A	R	N	P
I	N	G	R	E	S	O	L	N	E	E	D	E	R
N	E	C	P	O	I	O	O	O	M	X	E	F	E
V	M	P	R	S	B	I	Y	N	P	P	S	I	S
E	P	A	O	E	S	R	U	E	R	O	E	C	U
R	L	I	V	R	M	A	E	V	E	R	M	I	P
T	E	S	E	A	T	E	C	R	S	T	P	O	U
I	O	V	E	E	C	N	N	C	A	A	L	O	E
R	N	L	R	T	A	S	A	T	I	R	E	O	S
I	I	M	P	O	R	T	A	R	A	O	O	G	T
I	I	N	V	E	R	S	I	O	N	R	N	A	O

¿Cuáles son algunas ventajas de las compañías multinacionales?

Las compañías multinacionales traen:

___ ___ ___ ___ ___ ___ ___   ___ ___ ___ ___ ___ ___ ___ ___   ___

___ ___ ___ ___ ___   ___ ___ ___ ___ ___ ___ ___ ___ ___ ___!

Composición: *la solicitud*

K **Solicitud de empleo.** En una hoja en blanco, escribe una breve carta de solicitud de trabajo con una compañía multinacional. En tu carta, explica por qué quieres trabajar con esta compañía. Trata de impresionar al gerente de personal con todo lo que sabes de los negocios de la compañía en el extranjero.

Nombre ______________________ Fecha ____________

Sección ____________

UNIDAD 3
LECCIÓN 3

¡A escuchar!

Gente del Mundo 21

A **Arzobispo asesinado.** Escucha lo que dice la madre de un estudiante "desaparecido", en un acto en homenaje al arzobispo asesinado de San Salvador. Luego marca si cada oración que sigue es **cierta (C)** o **falsa (F)**.

C F **1.** La oradora habla en un acto para conmemorar otro aniversario del nacimiento de monseñor Óscar Arnulfo Romero.

C F **2.** Monseñor Romero fue arzobispo de San Salvador durante tres años.

C F **3.** Durante ese tiempo, monseñor Romero decidió quedarse callado y no criticar al gobierno.

C F **4.** Monseñor Romero escribió un libro muy importante sobre la teología de la liberación.

C F **5.** Fue asesinado cuando salía de su casa, el 24 de marzo de 1990.

C F **6.** Al final del acto, la madre del estudiante "desaparecido" le pide al público un minuto de silencio en memoria de monseñor Romero.

Cultura y gramática en contexto

B **Tarea incompleta.** Escucha la siguiente narración de una estudiante que no pudo completar la tarea de matemáticas. Usando la lista que aparece a continuación, indica cuáles de estas expresiones escuchaste (**Sí**) y cuáles no (**No**). Escucha una vez más para verificar tus respuestas.

Sí **No** **1.** por ahora

Sí **No** **2.** por cierto

Sí **No** **3.** por la noche

Sí **No** **4.** por la tarde

Sí **No** **5.** por lo menos

Sí **No** **6.** por lo tanto

Sí **No** **7.** por otra parte

Sí **No** **8.** por supuesto

Sí **No** **9.** por último

C **¿Nicaragüense o salvadoreña?** Escucha la siguiente narración acerca de Claribel Alegría y luego indica qué opción completa mejor cada oración. Escucha una vez más para verificar tus respuestas.

1. Claribel Alegría se considera...

a. salvadoreña, aunque nació en Nicaragua.

b. nicaragüense, aunque nació en El Salvador.

c. nicaragüense porque nació en Esteli, Nicaragua.

2. Claribel Alegría dice que es salvadoreña porque...

a. vivió desde muy pequeña en una ciudad salvadoreña.

b. sus padres son salvadoreños.

c. nació en El Salvador.

3. Claribel Alegría se casó con...

a. un profesor de la Universidad George Washington.

b. un joven de la ciudad de Santa Ana.

c. un escritor estadounidense.

4. El número total de obras que ha escrito Claribel Alegría es superior a...

a. quince.

b. cuarenta.

c. cincuenta.

Nombre ______________________ Fecha ______________

Sección ______________

UNIDAD 3
LECCIÓN 3

5. Su obra *Sobrevivo...*

   a. es un libro para niños.

   b. recibió el Premio de la Casa de las Américas.

   c. es una novela que no ha sido traducida al inglés.

Pronunciación y ortografía

D **Los sonidos /g/ y /x/.** El deletreo de estos dos sonidos con frecuencia resulta problemático al escribir. Practica ahora cómo reconocer los sonidos. Al escuchar las siguientes palabras, indica si el sonido inicial de cada una es /g/ como en **gordo, ganga** o /x/ como en **japonés, jurado.** Cada palabra se va a repetir dos veces.

1. /g/ /x/	**6. /g/ /x/**
2. /g/ /x/	**7. /g/ /x/**
3. /g/ /x/	**8. /g/ /x/**
4. /g/ /x/	**9. /g/ /x/**
5. /g/ /x/	**10. /g/ /x/**

Deletreo del sonido /g/. Al escuchar las siguientes palabras con el sonido /g/, observa cómo se escribe este sonido.

ga	**ga**lán	nave**ga**ción
gue	**gue**rrillero	ju**gue**tón
gui	**guí**a	conse**guir**
go	**go**bierno	visi**go**do
gu	**gu**sto	or**gu**llo

Deletreo del sonido /x/. Al escuchar las siguientes palabras con el sonido /x/, observa cómo se escribe este sonido.

ja	**ja**rdín	feste**jar**	emba**ja**dor
je o **ge**	**je**fe	**ge**nte	extran**je**ro
ji o **gi**	**ji**tomate	**gi**gante	comple**ji**dad
jo	**jo**ya	espe**jo**	anglosa**jón**
ju	**ju**dío	**ju**gador	con**ju**nto

E **Deletreo de los sonidos /g/ y /x/.** Ahora, escucha a los narradores leer las siguientes palabras y escribe las letras que faltan en cada una.

1. ____ b e r n a n t e	**6.** t r a ____ d i a
2. e m b a ____ d a	**7.** ______ r r a
3. ____ l p e	**8.** p r e s t i ____ o s o
4. s u r ____ r	**9.** f r i ____ l
5. ____ e g o	**10.** a ____ n c i a

F **Dictado.** Escucha el siguiente dictado e intenta escribir lo más que puedas. El dictado se repetirá una segunda vez para que revises tu párrafo.

El proceso de la paz en El Salvador

____

____

____

____

____

____

____

____

____

____

____

____

____

____

Nombre ______________________ Fecha ____________

Sección ____________

UNIDAD 3
LECCIÓN 3

¡A explorar!

Gramática en contexto

G **Hechos recientes.** ¿Qué dicen estos estudiantes acerca de lo que hicieron ayer por la tarde? Usa las preposiciones **por** o **para,** según convenga.

MODELO *Hacer / viaje / tren*
Hice un viaje por tren.

1. Cambiar / estéreo / bicicleta

____

2. Estudiar / examen de historia

____

3. Caminar / parque central

____

4. Llamar / amigo Rubén / teléfono

____

5. Comprar / regalo / novio(a)

____

6. Leer / libro interesante / dos horas

____

7. Ir / biblioteca / consultar una enciclopedia

____

H **De prisa.** Un amigo quiere invitarte a una fiesta. Para saber los detalles, completa el siguiente diálogo con las preposiciones **por** o **para,** según convenga.

AMIGO: ¿ ____________ (1) qué vas tan apurado(a)?

YO: Estoy atrasado(a) ____________ (2) mi clase de química.

AMIGO: Necesito hablar contigo ____________ (3) invitarte a una fiesta que tenemos mañana ____________ (4) la noche.

YO: _____________ (5) cierto que me gustaría mucho ir, pero llámame, _____________ (6) favor, esta tarde después de las cuatro _____________ (7) confirmar.

AMIGO: Está bien. Hasta pronto.

I **Atleta.** Este atleta está muy satisfecho con su progreso. Para saber por qué, completa la siguiente narración con las preposiciones **por** o **para,** según convenga.

Ayer, _____________ (1) hacer ejercicio, salí a correr _____________ (2) un parque que queda cerca de mi casa. Noté que, _____________ (3) un corto tiempo, pude mantener una velocidad de seis millas _____________ (4) hora. _____________ (5) alguien que no corre regularmente es un buen tiempo. Voy a seguir entrenándome, y creo que _____________ (6) el próximo mes, voy a estar mucho mejor.

Vocabulario activo

J **Palabras cruzadas.** Completa este juego de palabras con nombres de distintos cargos y partidos políticos.

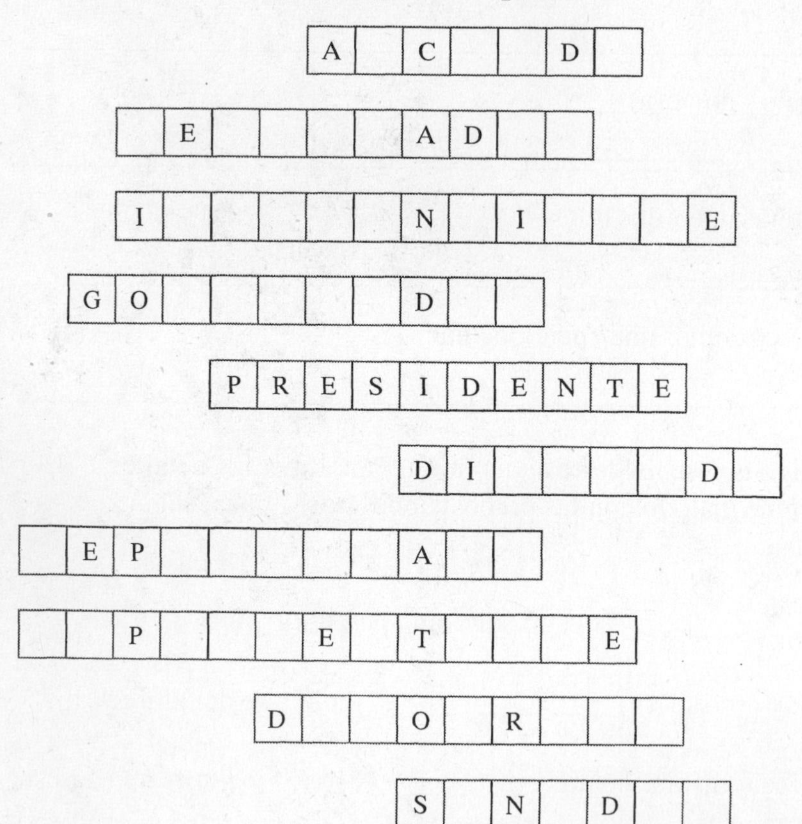

Nombre ___________________________ Fecha _______________

Sección ________________

UNIDAD 3

LECCIÓN 3

K **Lógica.** En cada grupo de palabras, subraya aquella palabra o frase que no esté relacionada con el resto.

1. comunista	marxista	nacionalista	socialista	izquierdista
2. postular	gobernar	nominar	votar	hacer campaña
3. gobernador	diputado	representante	legislador	senador
4. alcaldesa	candidata	senadora	postula	diputada
5. control de natalidad	pena de muerte	control de armas de fuego	suicidio voluntario	derechos universales

Composición: *expresar opiniones*

L **Editorial.** En una hoja en blanco, escribe tus opiniones personales sobre los personajes principales del cuento de Manlio Argueta "Los perros mágicos de los volcanes": los cadejos, don Tonio y sus trece hermanos, los soldados de plomo y los volcanes Chaparrastique y Tecapa.

Nombre ______________________ Fecha ______________

Sección ____________

UNIDAD 3

LECCIÓN 4

¡A escuchar!

Gente del Mundo 21

A **Miguel Ángel Asturias.** Un estudiante habla con una profesora de literatura latinoamericana para que le recomiende a un escritor guatemalteco del siglo XX. Escucha con atención lo que dicen y luego indica si cada oración que sigue es **cierta (C)** o **falsa (F)**.

C F **1.** La profesora recomienda que el estudiante lea *Cien años de soledad,* de Gabriel García Márquez.

C F **2.** Miguel Ángel Asturias ganó el Premio Nobel de Literatura en 1967.

C F **3.** Asturias nunca demostró interés por los ritos y creencias indígenas de su país.

C F **4.** Su novela *Hombre de maíz* hace referencia al mito mesoamericano que dice que los hombres fueron hechos de maíz.

C F **5.** Como muchos escritores latinoamericanos, vivió en el barrio latino de París.

C F **6.** Entre 1966 y 1970 fue embajador de Guatemala en Francia.

Cultura y gramática en contexto

B

Una vida difícil. Escucha la siguiente narración acerca de la vida de Rigoberta Menchú y luego indica si cada oración que sigue es **cierta (C)** o **falsa (F)**. Escucha una vez más para verificar tus respuestas.

C F **1.** Rigoberta Menchú y Elizabeth Burgos son guatemaltecas.

C F **2.** La persona que escribió el libro *Me llamo Rigoberta Menchú y así me nació la conciencia* fue Elizabeth Burgos.

C F **3.** Según el libro, un hermano suyo murió porque era partidario de los terratenientes.

C F **4.** Su padre murió carbonizado en España.

C F **5.** Unos grupos paramilitares son responsables de la muerte de su madre.

C F **6.** En 1981 Rigoberta abandonó Guatemala y se fue a México.

C

Inés y su hermana. Escucha las comparaciones que hace Inés entre los gustos de su hermana y sus propios gustos. Indica con una **X** quién hace las actividades que aparecen a continuación. Escucha una vez más para verificar tus respuestas.

Inés	*Su hermana*	
☐	☐	**1.** andar a caballo
☐	☐	**2.** caminar
☐	☐	**3.** escuchar música
☐	☐	**4.** leer
☐	☐	**5.** ver películas de amor
☐	☐	**6.** ver películas de ciencia ficción

D

Sugerencias para una vida larga. Escucha lo que dice un hombre de noventa años cuando le preguntan qué debe hacer uno para vivir mucho tiempo. Indica si las sugerencias que aparecen a continuación fueron mencionadas (**Sí**) o no (**No**) por el anciano. Escucha una vez más para verificar tus respuestas.

Sí **No** **1.** No comer mucha carne.

Sí **No** **2.** Comer frutas y verduras.

Sí **No** **3.** Hacer ejercicio con regularidad.

Sí **No** **4.** Practicar la natación.

Sí **No** **5.** Visitar al médico.

Sí **No** **6.** Acostarse siempre muy temprano.

Sí **No** **7.** Tener antepasados de larga vida.

Nombre ___________________________ Fecha _______________

Sección _______________

Pronunciación y ortografía

E

Pronunciación de letras problemáticas: ***b*** **y** ***v*.** La **b** y la **v** se pronuncian de la misma manera. Sin embargo, el sonido de ambas varía en relación al lugar de la palabra en donde ocurra. Por ejemplo, la **b** o la **v** inicial de una palabra tiene un sonido fuerte, como el sonido de la *b* en inglés, si la palabra ocurre después de una pausa. También tiene un sonido fuerte cuando ocurre después de la **m** o la **n.**

Escucha a la narradora leer estas palabras, prestando atención a la pronunciación de la **b** o **v** fuerte. Observa que para producir este sonido, los labios se cierran para crear una pequeña presión de aire al soltar el sonido.

brillante	**v**irreinato	e**mb**ajador	co**nv**ocar
bloquear	**v**ictoria	a**mb**icioso	si**nv**ergüenza

En los demás casos, la **b** y la **v** tienen un sonido suave. Escucha a la narradora leer estas palabras, prestando atención a la pronunciación de la **b** o **v** suave. Observa que al producir este sonido, los labios se juntan, pero no se cierran completamente; por lo tanto, no existe la presión de aire y lo que resulta es una **b** o **v** suave.

re**b**elión	resol**v**er	afrocu**b**ano	culti**v**o
po**b**reza	pro**v**incia	exu**b**erante	contro**v**ertido

Ahora escucha al narrador leer las siguientes palabras e indica si el sonido de la **b** o **v** que oyes es un sonido **fuerte** (**F**) o **suave** (**S**).

1. F S

2. F S

3. F S

4. F S

5. F S

6. F S

7. F S

8. F S

F **Deletreo con la *b* y la *v*.** Las siguientes reglas te ayudarán a saber cuándo una palabra se escribe con **b** (**larga**) o con **v** (**corta**). Memorízalas.

Regla Nº 1: Siempre se escribe la **b** antes de la **l** y la **r.** Las siguientes raíces también contienen la **b: bene-, bien-, biblio-, bio-.** Estudia estos ejemplos mientras la narradora los pronuncia.

bloquear	ham**br**e	**bene**ficio	**biblio**grafía
o**bl**igación	**br**avo	**bien**estar	**bio**logía

Ahora escucha a los narradores leer las siguientes palabras y escribe las letras que faltan en cada una.

1. ______ i s a

2. a l a m ______ e

3. ______ a n c o

4. ______ o q u e

5. ______ u s a

6. c a ______ e

7. c o ______ e

8. ______ u j a

Regla Nº 2: Después de la **m** siempre se escribe la **b.** Después de la **n** siempre se escribe la **v.** Estudia estos ejemplos mientras la narradora los pronuncia.

e**mb**arcarse	e**mb**ajador	co**nv**ención	e**nv**uelto
ta**mb**ién	ca**mb**iar	e**nv**ejecer	co**nv**ertir

Ahora escucha a los narradores leer las siguientes palabras y escribe las letras que faltan en cada una.

1. s o ______ r a

2. e ______ i a r

3. t a ______ o r

4. i ______ e n c i b l e

5. i ______ e n t a r

6. e ______ l e m a

7. e ______ e n e n a r

8. r u ______ o

Regla Nº 3: Los siguientes prefijos siempre contienen la **b: ab-, abs-, bi-, bis-, biz-, ob-, obs-** y **sub-,** y después del prefijo **ad-** siempre se escribe la **v.** Estudia estos ejemplos mientras la narradora los pronuncia.

abstracto	**adv**ersidad
abstener	**ob**ligado
biblioteca	**obs**táculo
bisonte	**sub**rayar
adversario	**subs**tituir

Nombre ________________________ Fecha ______________

Sección _______________

UNIDAD 3

LECCIÓN 4

Ahora escucha a los narradores leer las siguientes palabras y escribe las letras que faltan en cada una.

1. _____ t e n e r

2. ________ m a r i n o

3. _____ s o l u t o

4. ________ n i e t o

5. ________ t r a c t o

6. ________ e r t i r

7. ________ e r v a t o r i o

8. ________ e r b i o

G **Dictado.** Escucha el siguiente dictado e intenta escribir lo más que puedas. El dictado se repetirá una vez más para que revises tu párrafo.

La civilización maya

____

____

____

____

____

____

____

____

____

____

____

____

____

____

¡A explorar!

Gramática en contexto

H **Mi familia.** Completa el siguiente párrafo con los **adjetivos posesivos** apropiados para que Elena nos cuente cómo es su familia.

_______________ (1) nombre es Elena y el de _______________ (2) hermana es Magaly. Vivimos con _______________ (3) padres. _______________ (4) hermanos son mayores y ya no viven en casa. _______________ (5) hermano Jorge Miguel es casado y _______________ (6) hijita todavía está en la escuela primaria. Ella tiene un perrito. _______________ (7) perrito, totalmente blanco, es muy juguetón.

I **Preferencias.** Usando **pronombres posesivos,** escribe la pregunta que debes hacerle a tu amigo(a) para saber sus preferencias.

MODELO Mi autor guatemalteco favorito es Miguel Ángel Asturias.
¿Y el tuyo?

1. Mi escritora guatemalteca favorita es Delia Quiñónez.

____

2. Mis poetas guatemaltecas favoritas son Ana María Rodas y Aída Toledo.

____

3. Mis pintores guatemaltecos favoritos son Carlos Mérida y Luis González Palma.

____

4. Mi cantante guatemalteco favorito es Ricardo Arjona.

____

5. Mi cuentista guatemalteca favorita es Ana María Rodas.

____

Nombre ______________________ Fecha ____________

Sección ____________

UNIDAD 3
LECCIÓN 4

J **Resoluciones.** Di lo que empezaron a hacer las siguientes personas para mantenerse en forma.

MODELO

Manuel / empezar
Manuel empezó a hacer ejercicio.

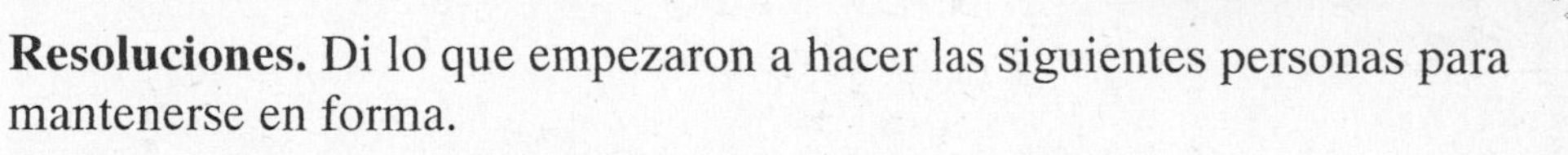

Vocabulario útil

caminar	levantar pesas
escalar rocas	montar en bicicleta
hacer ejercicios aeróbicos	nadar
jugar al golf	ponerse a régimen

1. Papá / volver

____

____

2. Mamá / decidirse

____

____

3. Mi hermanita / aprender

____

____

4. Los mellizos / aprender

____

____

5. Yo / ...

____

____

Vocabulario activo

K **Derechos básicos.** Selecciona las opciones correctas para completar las siguientes oraciones. Puede haber más de una opción correcta.

1. Los derechos humanos son los derechos básicos como la protección de la discriminación a base de...

a. torturas.

b. raza.

c. origen nacional.

2. En una democracia, todo ciudadano debe tener derechos básicos como el derecho...

a. a libertad de reunión.

b. a la ley absoluta.

c. contra la detención arbitraria.

3. En algunos países del mundo no existe el derecho...

a. a festejar.

b. a la igualdad de hombres y mujeres.

c. al libre pensamiento político.

4. El problema de los indígenas de Guatemala es que no tienen...

a. el derecho a libertad de reunión.

b. la libertad.

c. gobernantes socialistas.

Nombre ____________________ Fecha ____________

Sección ____________

UNIDAD 3

LECCIÓN 4

5. Para mejorar la situación en Latinoamérica, tiene que haber...
   a. ayuda médica para los pobres.
   b. dictaduras militares.
   c. más oportunidad de trabajo.

L **Lógica.** Subraya la palabra que complete mejor cada frase.

1. protección de

   origen nacional | policía | represión | militares | discriminación

2. garantía de

   asesinatos | dictaduras | injusticias | represión | derechos

3. aplicación uniforme de

   leyes | salud | ayuda | trabajo | segregación

4. el derecho a libre

   salud | propiedad | pensamiento | paz | igualdad

5. El racista discrimina a base de...

   propiedad. | raza. | paz. | religión. | sexo.

Composición: *comparación*

M **Un día en la vida de Rigoberta Menchú.** Imagina todas las actividades que Rigoberta Menchú realizaba a tu edad en un día. Compara estas actividades con las que tú realizas en un día de tu vida y en una hoja en blanco escribe una composición señalando las semejanzas y las diferencias.

Nombre ______________________ Fecha ______________

Sección ____________

UNIDAD 4

LECCIÓN 1

¡A escuchar!

Gente del Mundo 21

A **Político costarricense.** Escucha con atención lo que les pregunta un maestro de historia a sus estudiantes de una escuela secundaria de San José de Costa Rica. Luego marca si cada oración que sigue es **cierta** (**C**) o **falsa** (**F**).

C F **1.** Óscar Arias Sánchez era presidente de Costa Rica cuando recibió el Premio Nobel de la Paz.

C F **2.** Óscar Arias Sánchez recibió un doctorado honorario de la Universidad de Harvard en el año 1993.

C F **3.** Óscar Arias Sánchez recibió el Premio Nobel de la Paz en 1990.

C F **4.** Recibió este premio por su participación en negociaciones por la paz en Centroamérica.

C F **5.** Estas negociaciones llevaron a un acuerdo de paz que los países de la región firmaron en Washington, D.C.

Cultura y gramática en contexto

B **Costa Rica.** Escucha el siguiente texto acerca de Costa Rica y luego selecciona la opción correcta para completar las oraciones que aparecen a continuación. Escucha una vez más para verificar tus respuestas.

1. Costa Rica, sin ser un país rico, tiene...

a. el mayor índice de analfabetismo de la zona.

b. el mayor ingreso nacional per cápita de la zona.

c. el mayor índice de exportaciones de la zona.

2. En Costa Rica se eliminó el ejército...

a. en 1949.

b. en 1989.

c. hace cien años.

3. El dinero dedicado antes al ejército se dedicó luego a...

a. la agricultura.

b. la educación.

c. la creación de una guardia civil.

4. Costa Rica es defendida por...

a. un ejército nacional muy grande.

b. la marina de EE.UU.

c. una guardia civil muy eficaz.

5. En 1989 Costa Rica celebró...

a. cien años de democracia.

b. cuarenta años sin ejército.

c. cien años de su independencia de España.

Nombre ______________________ Fecha ______________

Sección ______________

UNIDAD 4

LECCIÓN 1

C **Encargos.** Ahora escucha a Elvira explicar los encargos que todavía no ha hecho esta semana. Mientras escuchas, ordena numéricamente los dibujos. Ten en cuenta que algunos dibujos quedarán sin numerar. Escucha una vez más para verificar tus respuestas.

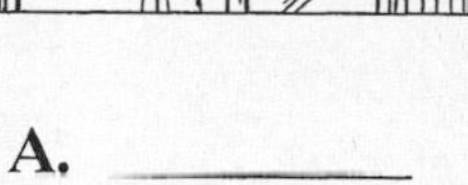

A. ________ B. ________ C. ________

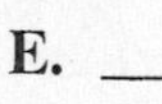

D. ________ E. ________ F. ________

G. ________ H. ________

D **Un mes de desastres ecológicos.** Escucha al narrador leer los titulares del mes pasado de *La nación,* un periódico costarricense. Coloca una **X** debajo del dibujo que corresponda a cada titular. Escucha una vez más para verificar tus respuestas.

1.

A. ______

B. ______

2.

A. ______

B. ______

3.

A. ______

B. ______

4.

A. ______

B. ______

5.

A. ______ B. ______

Pronunciación y ortografía

E

Guía para el uso de la letra *x*. La **x** representa varios sonidos según en qué lugar de la palabra ocurra. Normalmente representa el sonido /**ks**/ como en **exigir.** Frente a ciertas consonantes se pierde la /**k**/ y se pronuncia simplemente /**s**/ (aspirada) como en **explorar.** En otras palabras se pronuncia como la **j.** Es el sonido fricativo /**x**/ como en **México** o **Oaxaca.** Observa el deletreo de este sonido al escuchar a la narradora leer las siguientes palabras.

/**ks**/	/**s**/	/**x**/
exilio	explosión	Texas
existencia	experiencia	mexicana
éxodo	exterminar	oaxaqueño
máximo	exclusivo	Mexicali
anexión	pretexto	texano
saxofón	excavación	Xavier

Ahora indica si las palabras que dicen los narradores tienen el sonido /**ks**/ o /**s**/.

1. /**ks**/ /s/

2. /**ks**/ /s/

3. /**ks**/ /s/

4. /**ks**/ /s/

5. /**ks**/ /s/

6. /**ks**/ /s/

7. /**ks**/ /s/

8. /**ks**/ /s/

9. /**ks**/ /s/

10. /**ks**/ /s/

F **Deletreo con la letra *x*.** La **x** siempre se escribe en ciertos prefijos y terminaciones.

- Con el prefijo **ex-**

  exponer **ex**presiva **ex**ceso **ex**presión

- Con el prefijo **extra-**

  extraordinario **extra**terrestre **extra**legal **extra**sensible

- Con la terminación **-xión** en palabras derivadas de sustantivos o adjetivos terminados en **-je, -jo** o **-xo.**

  refle**xión** (de refle**jo**) cone**xión** (de cone**xo**)

  comple**xión** (de comple**jo**) ane**xión** (de ane**xo**)

Ahora, escucha a los narradores leer las siguientes palabras y escribe las letras que faltan en cada una.

1. ___ ___ p u l s a r

2. ___ ___ a g e r a r

3. ___ ___ p l o s i ó n

4. c r u c i f i ___ ___ ___ ___

5. ___ ___ ___ ___ ___ ñ o

6. r e f l ___ ___ i ó n

7. ___ ___ a m i n a r

8. ___ ___ ___ ___ ___ n j e r o

9. ___ ___ t e r i o r

10. ___ ___ i l i a d o

Nombre ______________________ Fecha ____________

Sección ____________

UNIDAD 4

LECCIÓN 1

G **Dictado.** Escucha el siguiente dictado e intenta escribir lo más que puedas. El dictado se repetirá una vez más para que revises tu párrafo.

Costa Rica: país ecológico

____

____

____

____

____

____

____

____

____

____

____

____

¡A explorar!

Gramática en contexto

H **El coche de la profesora.** ¿Cómo es el coche de la profesora Montoya? Para saber cómo contesta ella esta pregunta, completa el siguiente texto usando el **participio pasado** de los verbos que aparecen entre paréntesis.

Tengo un coche _______________ (1. usar) del año 1986. Es un sedán de cuatro puertas, de color azul claro. No es un coche _______________ (2. fabricar) en este país, es _______________ (3. importar), pero como es viejo, no tiene las bolsas de aire _______________ (4. instalar) en los modelos más nuevos. Es el modelo _______________ (5. preferir) por muchos jóvenes.

I **Obligaciones pendientes.** Tú y tus amigos hablan de las cosas que debían hacer esta semana y que todavía no han hecho.

MODELO *Todavía no __________ ___________________ (llevar) el coche al mecánico.*

Todavía no he llevado el coche al mecánico.

1. Yo todavía no __________ ___________________ (hablar) con el profesor de biología.
2. Carlos todavía no __________ ___________________ (ir) al supermercado.
3. Marla y yo todavía no __________ ___________________ (escribir) el informe para la clase de historia.
4. Ustedes todavía no __________ ___________________ (resolver) el problema con mi jefe.
5. Nosotros todavía no __________ ___________________ (organizar) nuestra próxima fiesta.
6. Elena todavía no __________ ___________________ (ver) las fotos de nuestra última excursión.
7. Rita y Alex todavía no __________ ___________________ (hacer) el experimento para la clase de química.

Nombre ______________________ Fecha ____________

Sección ______________

UNIDAD 4

LECCIÓN 1

J

Datos sobre Costa Rica. Con los elementos dados, construye oraciones acerca de Costa Rica usando el **se** pasivo.

MODELO *La cultura costarricense / caracterizar (presente) / por una preocupación ecológica*
La cultura costarricense se caracteriza por una preocupación ecológica.

1. La creación de parques nacionales / iniciar (pretérito) / en Costa Rica en 1970

____

2. Muchas investigaciones ecológicas / hacer (presente) / en Costa Rica

____

3. El medio ambiente / respetar (presente) / en Costa Rica

____

4. El ejército / disolver (pretérito) / en 1949

____

5. El presupuesto militar / dedicar (pretérito) / a la educación

____

K

Historia de Costa Rica. Expresa los siguientes hechos acerca de la historia temprana de Costa Rica, usando el estilo periodístico.

MODELO *Cristóbal Colón visitó Costa Rica en 1502.*
Costa Rica fue visitada por Cristóbal Colón en 1502.

1. Tres colonias militares aztecas recogían muchos tributos en Costa Rica en 1502.

____

____

2. En 1574, los españoles integraron Costa Rica a la Capitanía General de Guatemala.

____

____

3. Los colonos españoles en Costa Rica no sufrieron las pronunciadas desigualdades sociales de otros países centroamericanos.

____

____

4. En 1821, el capitán general español Gabino Gaínza proclamó la independencia de la Capitanía General de Guatemala.

____

____

5. Los costarricenses proclamaron su independencia absoluta el 31 de agosto de 1848.

____

____

Vocabulario activo

L

Costa Rica. El gobierno costarricense tiene tres departamentos distintos encargados de preservar los bosques tropicales. Pon las letras en orden para saber cuáles son. Luego pon las letras indicadas según los números para formar las palabras que contestan la pregunta final.

1. QAPRESU NENOLASICA

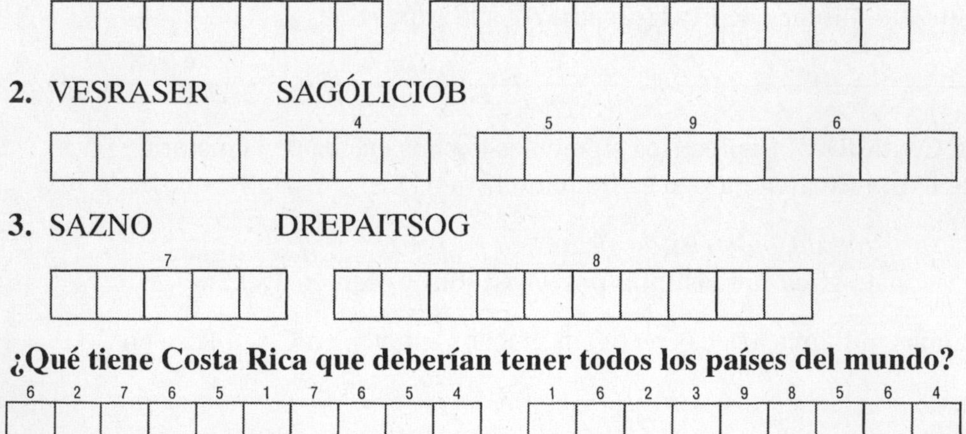

2. VESRASER SAGÓLICIOB

3. SAZNO DREPAITSOG

¿Qué tiene Costa Rica que deberían tener todos los países del mundo?

Nombre ______________________ Fecha ____________

Sección ______________

UNIDAD 4

LECCIÓN 1

M **Relación.** Indica qué palabra o frase de la segunda columna se relaciona mejor con cada palabra o frase de la primera.

_____ **1.** derrame de petróleo

_____ **2.** causa peligro de los rayos ultra violeta

_____ **3.** reciclaje

_____ **4.** reserva biológica

_____ **5.** deforestación

_____ **6.** sequía

_____ **7.** contaminación de aire

_____ **8.** ambiente

_____ **9.** peligro

_____ **10.** lluvia ácida

a. reutilización de objetos o productos

b. falta de agua

c. atmósfera

d. dificultad para respirar

e. disminución de capa de ozono

f. deteriora a monumentos

g. amenaza

h. contaminación de la tierra o agua

i. zona protegida

j. quema de los árboles

Composición: *argumentos y propuestas*

N **Proteger las últimas selvas tropicales.** En una hoja en blanco, escribe una composición en la que das los argumentos a favor de la protección de las últimas selvas tropicales que todavía quedan en el mundo. ¿Por qué es importante salvar estas regiones de su inminente destrucción? ¿Qué beneficios traería a la humanidad? ¿Qué podemos hacer para proteger estas regiones?

Nombre ______________________ Fecha ______________

Sección ______________

UNIDAD 4

LECCIÓN 2

¡A escuchar!

Gente del Mundo 21

A **Un cantante y político.** Escucha la conversación entre dos panameños, el señor Ordóñez y su hijo Patricio, sobre un cantante que fue candidato a la presidencia de su país. Luego marca si cada oración que sigue es **cierta (C)** o **falsa (F)**.

C F **1.** Patricio Ordóñez apoyaba la candidatura de Rubén Blades.

C F **2.** Antes de marcharse a Nueva York en 1974, Rubén Blades se recibió de abogado en Panamá.

C F **3.** Rubén Blades también obtuvo un doctorado en ciencias políticas de la Universidad de Princeton.

C F **4.** El partido que Rubén Blades fundó llamando *Papá Egoró* significa "Nuestra Madre Tierra".

C F **5.** El señor Ordóñez cree que Rubén Blades debe presentarse a las próximas elecciones.

Cultura y gramática en contexto

B

Los cunas. Escucha el siguiente texto acerca de los cunas y luego selecciona la respuesta que complete correctamente las oraciones que siguen. Escucha una vez más para verificar tus respuestas.

1. Las islas San Blas se encuentran...

a. al oeste de Colón.

b. al este de Colón.

c. al norte de Colón.

2. El número total de islas es...

a. trescientos sesenta y cinco.

b. ciento cincuenta.

c. desconocido.

3. Entre los grupos indígenas, los cunas sobresalen por...

a. sus orígenes muy antiguos.

b. su modo de trabajar el oro.

c. su organización política.

4. Las mujeres cunas permanecen la mayor parte del tiempo...

a. en la ciudad de Colón.

b. en la ciudad de Panamá.

c. en las islas.

5. Se ve la tradición artística de los cunas en...

a. la vestimenta de las mujeres.

b. la religión.

c. el diseño de las casas.

Nombre ______________________ Fecha ______________

Sección ______________

UNIDAD 4
LECCIÓN 2

C **Órdenes.** ¡Pobre Carlitos! ¡Tiene tanto que hacer! Escucha lo que su mamá le dice que haga. Indica el orden en que Carlitos debe hacer las cosas ordenando numéricamente los dibujos que aparecen a continuación. Escucha una vez más para verificar tus respuestas.

A. ______

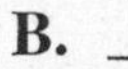

B. ______

C. ______

D. ______

E. ______

F. ______

D **Discurso político.** Usando la lista que aparece a continuación, indica si el candidato que vas a escuchar menciona (**Sí**) o no (**No**) el programa indicado. Escucha una vez más para verificar tus respuestas.

Sí **No** **1.** Acelerar la construcción de edificios.

Sí **No** **2.** Mejorar la educación.

Sí **No** **3.** Eliminar la pobreza.

Sí **No** **4.** Controlar la inflación.

Sí **No** **5.** Disminuir el desempleo.

Sí **No** **6.** Crear nuevos trabajos.

Sí **No** **7.** Acelerar el ritmo de las exportaciones.

Pronunciación y ortografía

E **Guía para el uso de la letra *j*.** En lecciones previas aprendiste que la **j** tiene sólo un sonido /**x**/, que es idéntico al sonido de la **g** en las combinaciones **ge** y **gi.** Observa el deletreo de este sonido al escuchar a la narradora leer las siguientes palabras.

/**x**/

jardines — o**j**o

mestiza**j**e — **j**udíos

di**j**iste

Ahora, escucha a los narradores leer las siguientes palabras y escribe las letras que faltan en cada una.

1. _____ n t a
2. f r a n _____
3. e x t r a n _____ r o
4. l e n g u a _____
5. v i a _____ r o
6. h o m e n a _____
7. p o r c e n t a _____
8. _____ b ó n
9. t r a _____
10. _____ l i s c o

F **Deletreo con la letra *j*.** La **j** siempre se escribe en ciertas terminaciones y formas del verbo.

- En las terminaciones **-aje, -jero** y **-jería**

mestiz**aje** — extran**jero** — relo**jería**

aprendiz**aje** — ca**jero** — bru**jería**

Nombre ______________________ Fecha ____________

Sección ____________

UNIDAD 4

LECCIÓN 2

- En el pretérito de los verbos irregulares terminados en **-cir** y de verbos regulares cuyo radical termina en **j.**

  redu**je** (de reducir) di**je** (de decir) fi**jé** (de fijar)

  produ**je** (de producir) tra**je** (de traer) traba**jé** (de trabajar)

Ahora, escucha a los narradores leer las siguientes palabras y escribe las letras que faltan en cada una.

1. c o n s e ___ ___ ___ ___ **6.** c o n d u ___ ___ ___ ___ ___

2. r e d u ___ ___ ___ ___ ___ **7.** p a i s a ___ ___

3. d i ___ ___ **8.** r e l o ___ ___ ___ ___

4. r e l o ___ ___ ___ ___ ___ **9.** t r a ___ ___ ___ ___ ___

5. m e n s ___ ___ ___ **10.** m a n e ___ ___ ___ ___ ___

G **Deletreo del sonido /x/.** Este sonido presenta dificultad al escribirlo cuando precede a las vocales **e** o **i.** Al escuchar a los narradores leer las siguientes palabras, complétalas con **g** o **j,** según corresponda.

1. o r i ___ e n **6.** t r a b a ___ a d o r a

2. ___ u g a d o r **7.** e ___ é r c i t o

3. t r a d u ___ e r o n **8.** e x i ___ e n

4. r e c o ___ i m o s **9.** c o n ___ e s t i ó n

5. l e ___ í t i m o **10.** e n c r u c i ___ a d a

H **Dictado.** Escucha el siguiente dictado e intenta escribir lo más que puedas. El dictado se repetirá una vez más para que revises tu párrafo.

La independencia de Panamá y la vinculación con Colombia

Nombre ______________________ Fecha ______________

Sección ______________

¡A explorar!

Gramática en contexto

I **Futuras vacaciones.** Planeas unas vacaciones en la Ciudad de Panamá. ¿Qué esperanzas tienes?

MODELO *no hacer demasiado calor*
Ojalá no haga demasiado calor.

1. no llover todo el tiempo

   ____

2. yo / tener tiempo para visitar Panamá Viejo y San Felipe

   ____

3. yo / conseguir boletos para el Teatro Nacional

   ____

4. yo / poder viajar por el canal

   ____

5. haber conciertos de música popular

   ____

6. yo / aprender a bailar merengue

   ____

7. yo / alcanzar a ver algunos museos

   ____

8. nosotros / visitar las islas San Blas

   ____

9. yo / encontrar unas molas hermosas

   ____

10. yo / divertirme mucho

    ____

J **Plátanos maduros fritos.** En la sección de cocina del periódico hay una receta de un plato panameño: plátanos maduros fritos. ¿Qué dice la receta?

MODELO *Usar plátanos maduros*
Use plátanos maduros.

1. Elegir plátanos grandes y no muy verdes

____

2. Pelarlos

____

3. Cortarlos a lo largo

____

4. Freírlos en aceite

____

5. Poner atención y no quemarlos

____

6. Sacarlos cuando estén ligeramente dorados

____

K **Recomendaciones.** Éste es tu primer año en el equipo de básquetbol. ¿Qué recomendaciones te da tu entrenador?

MODELO *Mantenerse en forma*
Mantente en forma.

1. ____________________ (Entrenarse) todos los días.
2. No ____________________ (faltar) a las prácticas.
3. No ____________________ (llegar) tarde a las prácticas.
4. ____________________ (Concentrarse) durante los partidos.
5. ____________________ (Hacer) las cosas lo mejor posible.
6. ____________________ (Salir) a la cancha dispuesto(a) a ganar.
7. ____________________ (Acostarse) temprano la noche antes de un partido.
8. No ____________________ (desanimarse) nunca.

Nombre ______________________ Fecha ____________

Sección ____________

UNIDAD 4

LECCIÓN 2

L

Consejos. ¿Qué consejos les dan los profesores a los alumnos para tener un buen rendimiento académico?

MODELO *Escoger un lugar tranquilo donde estudiar*
Escojan un lugar tranquilo donde estudiar.

1. Hacer una lectura rápida del texto

____

2. Leer el texto por lo menos dos veces

____

3. Tomar notas

____

4. Resumir brevemente la lección

____

5. No hacer la tarea a medias; hacerla toda

____

6. No dejar los estudios hasta el último momento antes de un examen

____

7. Organizarse en grupos de estudios de vez en cuando

____

Vocabulario activo

M

Relación. Indica qué palabra se asocia con la primera palabra de cada lista.

1. coser	tallar	llavero	puntadas	horno
2. piel	cuero	tela	tijeras	vidriería
3. alfarería	billetera	cerámica	maleta	tejeduría
4. bordar	labrar	soplar	aguja	tallar
5. alfarero	tarjetero	tallado	bordado	barro

N **Crucigrama.** De acuerdo con las claves que siguen, completa este crucigrama con palabras sobre la artesanía.

Claves verticales

1. Objeto de cuero que se lleva en la cintura
3. Arte de crear objetos de vidrio
4. Acción de crear imágenes decorativas en madera
5. Instrumento que se usa para cortar tela al coser
6. Arte de crear cestos o canastas
10. Planes decorativos

Claves horizontales

2. Cristal de ventana
7. Arte de crear objetos de barro
8. Acción necesaria para crear objetos de vidrio
9. Cruzar hilos constantemente hasta crear una tela
11. Creaciones de tela típicas de los indígenas cunas
12. Unir por medio de una aguja e hilo
13. Textiles

Composición: *expresar opiniones*

O **No permitir un segundo término.** En una hoja en blanco, escribe una breve composición sobre la decisión de los panameños de no permitir que los presidentes sean reelegidos para un segundo término. En tu opinión, ¿fue una buena decisión? ¿Por qué sí o por qué no? ¿Debería EE.UU. tener una ley semejante? Explica tu respuesta.

Nombre ______________________ Fecha ____________

Sección ____________

UNIDAD 4
LECCIÓN 3

¡A escuchar!

Gente del Mundo 21

A **Premio Nobel de Literatura.** Escucha lo que un profesor de literatura latinoamericana les pregunta a sus alumnos sobre uno de los escritores latinoamericanos más importantes del siglo XX. Luego marca si cada oración que sigue es **cierta** (C) o **falsa** (F).

C **F** **1.** Gabriel García Márquez fue galardonado con el Premio Nobel de Literatura en 1982.

C **F** **2.** Nació en 1928 en Bogotá, la capital de Colombia.

C **F** **3.** Estudió medicina en las universidades de Bogotá y Cartagena de Indias.

C **F** **4.** Macondo es un pueblo imaginario inventado por García Márquez.

C **F** **5.** García Márquez ha vivido más de veinte años en México.

C **F** **6.** La novela que lo consagró como novelista es *Cien años de soledad,* que se publicó en 1967.

Cultura y gramática en contexto

B **La Nueva Catedral de Sal.** Escucha el siguiente texto acerca de la Catedral de Sal de Zipaquirá y luego selecciona la opción que complete correctamente las oraciones que siguen. Escucha una vez más para verificar tus respuestas.

1. La persona que habla viajará por...

a. tren.

b. autobús.

c. automóvil.

2. Si las minas de Zipaquirá se explotaran continuamente, la sal se acabaría en...

a. cien años.

b. cincuenta años.

c. veinticinco años.

3. La catedral está dedicada a...

a. Jesús.

b. Nuestra Señora de Guasá.

c. los mineros.

4. La cúpula representa...

a. una escalera tallada en sal.

b. doscientos cincuenta toneladas de sal roca.

c. al mundo y el cosmos simultáneamente.

5. La construcción de la Nueva Catedral de Sal tardó...

a. trece años.

b. tres años.

c. treinta años.

C **El sueño del Libertador.** Escucha lo que dice Julia, una joven colombiana, y luego indica si las oraciones que siguen reflejan **(Sí)** o no **(No)** su opinión. Escucha una vez más para verificar tus respuestas.

Sí **No** **1.** Es verdad que Simón Bolívar es el personaje histórico favorito de Julia.

Sí **No** **2.** Muchos colombianos creen que Bolívar es colombiano.

Sí **No** **3.** Julia no cree que Bolívar deba liberar a las colonias hispanoamericanas.

Sí **No** **4.** Julia lamenta que el sueño de Bolívar sea difícil de realizar.

Sí **No** **5.** Es preferible que las repúblicas hispanoamericanas quieran estar divididas.

Sí **No** **6.** Es mejor que el sueño de Bolívar nunca se haga realidad.

Pronunciación y ortografía

D

Guía para el uso de la letra ***g.*** El sonido de la **g** varía según dónde ocurra en la palabra, la frase o la oración. Al principio de una frase u oración y después de la **n** tiene el sonido **/g/** (excepto en las combinaciones **ge** y **gi**) como en **grabadora** o **tengo.** Este sonido es muy parecido al sonido de la *g* en inglés. En cualquier otro caso, tiene un sonido más suave **/g/** como en **la grabadora, segunda** o **llegada** (excepto en las combinaciones **ge** y **gi**).

Observa la diferencia entre los dos sonidos cuando la narradora lea las siguientes palabras.

/g/	/g/
po**ng**o	al**g**unos
te**ng**o	lo**g**rar
gótico	pro**g**rama
grande	la **g**rande
ganadero	el **g**anadero

E **Pronunciación de *ge* y *gi*.** El sonido de la **g** antes de las vocales **e** o **i** es idéntico al sonido **/x/** de la **j** como en **José** o **justo.** Escucha la pronunciación de **ge** y **gi** en las siguientes palabras.

/x/

gente

inteli**ge**nte

sumer**gi**rse

fu**gi**tivo

gigante

Ahora, escucha a los narradores leer las siguientes palabras con los tres sonidos de la letra **g** y escribe las letras que faltan en cada una.

1. o b l i ___ ___ r

2. ___ ___ b i e r n o

3. ___ ___ e r r a

4. p r o t e ___ ___ r

5. s a ___ ___ a d o

6. n e ___ ___ c i a r

7. ___ ___ ___ ___ n t e s c o

8. p r e s t i ___ ___ o s o

9. ___ ___ a v e m e n t e

10. e x a ___ ___ r a r

F **Deletreo con la letra *g*.** La **g** siempre se escribe en ciertas raíces y terminaciones y antes de la **u** con diéresis (**ü**).

- En las raíces **geo-**, **legi-** y **ges-**

geográfico	**legi**slatura	**ges**tación
apo**geo**	**legi**ble	con**ges**tión

- En la raíz **gen-**

generación	**gen**erar	**gen**te

- En los verbos terminados en **-ger, -gir, -gerar** y **-gerir**

reco**ger**	diri**gir**	exa**gerar**	su**gerir**
prote**ger**	corre**gir**	ali**gerar**	in**gerir**

- En palabras que se escriben con **güe** o **güi**

biling**üe**	verg**üe**nza	arg**üi**r
averig**üe**	g**üe**ro	ping**üi**no

Nombre ______________________ Fecha ____________

Sección ____________

UNIDAD 4

LECCIÓN 3

Ahora escucha a los narradores leer las siguientes palabras y escribe las letras que faltan en cada una.

1. ___ ___ ___ l o g í a
2. e n c o ___ ___ ___
3. s u r ___ ___ ___
4. ___ ___ ___ é t i c a
5. e l e ___ ___ ___
6. ___ ___ ___ ___ t i m o
7. ___ ___ ___ r a
8. e x i ___ ___ ___
9. ___ ___ ___ g r a f í a
10. ___ ___ ___ ___ s l a d o r

G **Dictado.** Escucha el siguiente dictado e intenta escribir lo más que puedas. El dictado se repetirá una vez más para que revises tu párrafo.

Guerra de los Mil Días y sus efectos

____

____

____

____

____

____

____

____

____

____

____

____

____

¡A explorar!

Gramática en contexto

H **Vida de casados.** Los estudiantes expresan su opinión acerca de lo que es importante para las personas casadas.

MODELO *importante / entenderse bien*
Es importante que se entiendan bien.

1. esencial / respetarse mutuamente

____

2. recomendable / ser francos

____

3. mejor / compartir las responsabilidades

____

4. necesario / tenerse confianza

____

5. preferible / ambos hacer las tareas domésticas

____

6. bueno / ambos poder realizar sus ambiciones profesionales

____

7. normal / ponerse de acuerdo sobre asuntos financieros

____

8. importante / comunicarse sus esperanzas y sus sueños

____

Nombre ______________________ Fecha ____________

Sección ____________

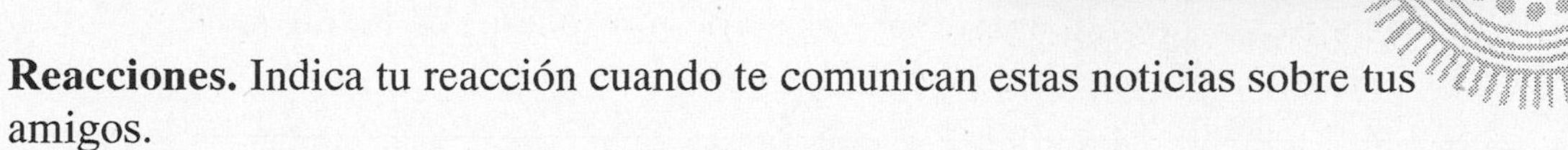

I **Reacciones.** Indica tu reacción cuando te comunican estas noticias sobre tus amigos.

MODELO *Manolo es miembro del Club de Español.*
Me alegra que Manolo sea miembro del Club de Español.

Vocabulario útil

es bueno	es sorprendente	es una lástima
es lamentable	estoy contento de que	me alegra que
es malo	es triste	siento que

1. Enrique busca trabajo.

____

2. Gabriela está enferma.

____

3. Javier recibe malas notas.

____

4. Yolanda trabaja como voluntaria en el hospital.

____

5. Lorena no participa en actividades extracurriculares.

____

6. Gonzalo no dedica muchas horas al estudio.

____

7. A Carmela le interesa la música caribeña.

____

8. Marta nos consigue boletos para el concierto de los Aterciopelados.

____

9. A Javier no le gusta la música de Shakira.

____

J

Explicación posible. Algunos de tus amigos hacen cosas que normalmente no hacen. ¿Puedes dar alguna posible explicación en cada caso?

MODELO *Aníbal no está en clase hoy.*
Es posible (probable) que esté enfermo.

1. Sonia se duerme en clases.

____

2. Wifredo saca malas notas.

____

3. Óscar no va al trabajo.

____

4. Vicky llega tarde a clase.

____

5. Enrique no presta atención en las clases de física.

____

6. Irene no contesta los mensajes telefónicos.

____

K

Esperanzas, recomendaciones y sugerencias. ¿Qué esperanzas, recomendaciones o sugerencias les puedes dar a los amigos que hacen cosas que normalmente no hacen?

Vocabulario útil

aconsejar	pedir	recomendar
decir	preferir	rogar
esperar	prohibir	sugerir

MODELO *Aníbal no está en clase hoy.*
Recomiendo que vayas a clase todos los días.

1. Sonia se duerme en clases.

____

2. Wifredo saca malas notas.

____

3. Óscar no va al trabajo.

____

4. Vicky llega tarde a clase.

____

5. Enrique no presta atención en las clases de física.

____

6. Irene no contesta los mensajes telefónicos.

____

Vocabulario activo

L

Lógica. En cada grupo de palabras, subraya aquélla que no esté relacionada con el resto.

1. bailarín	cumbia	cantante	músico	artista
2. pasillos	porros	bambucos	boleros	cumbias
3. el hard rock	el funk	el heavy metal	la música pop	la música romántica
4. guitarrista	bailarín	trompetista	músico	baterista
5. concierto	orquesta	bambucos	cantante	músicos

M

Definiciones. Indica qué palabra o frase de la segunda columna define cada palabra o frase de la primera.

____ **1.** artista

____ **2.** orquesta

____ **3.** cantante

____ **4.** mariachis

____ **5.** bolero

____ **6.** los blues

____ **7.** el heavy metal

____ **8.** ritmos típicos colombianos

____ **9.** bailarín

a. conjunto pequeño de guitarristas y trompetistas

b. conjunto grande que presenta conciertos

c. música de guitarristas y baterista que aparentan estar fuera de control

d. danzante

e. vocalista

f. bambucos, porros y cumbias

g. músico

h. música de instrumentos de viento, piano y algún otro instrumento de cuerda

i. ritmo tradicional

Composición: *expresar opiniones*

N **Shakira, Fernando Botero o Gabriel García Márquez.** Selecciona a uno de estos grandes colombianos y escribe una composición explicando por qué lo seleccionaste. ¿Por qué es importante? ¿Qué ha contribuido a la cultura colombiana o a la cultura mundial? ¿Qué efecto ha tenido en tu vida?

Nombre ____________________ Fecha ____________

Sección ____________

¡A escuchar!

Gente del Mundo 21

A **Carolina Herrera.** Escucha el siguiente texto acerca de la modista venezolana Carolina Herrera. Luego marca si cada oración que sigue es **cierta** (C) o **falsa** (F).

C F **1.** El éxito de Carolina Herrera se debe principalmente al dinero de su esposo Reinaldo Herrera.

C F **2.** Desde niña diseñaba ropa para sus muñecas.

C F **3.** Carolina Herrera apareció en la Lista de las Mejores Vestidas el mismo año que fue nombrada al *Fashion Hall of Fame.*

C F **4.** Un par de pijamas diseñados por Carolina Herrera pueden costar más de mil dólares.

C F **5.** Carolina Herrera dice que es perfeccionista porque nunca está satisfecha con su trabajo.

Cultura y gramática en contexto

B **Colonia Tovar**. Escucha el siguiente texto acerca de un pueblo cercano a Caracas y luego indica si la información que sigue es mencionada (**Sí**) o no (**No**) por la persona que habla. Escucha una vez más para verificar tus respuestas.

Sí **No** **1.** La Colonia Tovar está situada a cincuenta kilómetros de Caracas.

Sí **No** **2.** Hay una iglesia alemana en el pueblo.

Sí **No** **3.** Una excursión a este pueblo es el paseo favorito de los caraqueños.

Sí **No** **4.** Una de las especialidades del pueblo son las salchichas.

Sí **No** **5.** Los colonos originales llegaron allí en el año 1843.

Sí **No** **6.** El gobierno les prometió a los colonos originales que les daría tierras y autonomía.

Sí **No** **7.** Los colonos hablaban un dialecto alemán.

Sí **No** **8.** El nombre del pueblo proviene de la persona que les donó las tierras a los colonos.

C **Señorita Venezuela.** Escucha el siguiente texto acerca de los concursos de belleza en Venezuela y luego indica si las oraciones que siguen son **ciertas** (**C**) o **falsas** (**F**). Escucha una vez más para verificar tus respuestas.

C **F** **1.** En Venezuela los concursos de belleza no se consideran sexistas.

C **F** **2.** A todos les sorprende que un 9 por ciento de los televidentes vea la coronación de la Señorita Venezuela.

C **F** **3.** Si una joven quiere participar en esos concursos, debe tomar clases especiales.

C **F** **4.** El entrenamiento para las candidatas puede costar más de cincuenta mil dólares.

C **F** **5.** La joven que es elegida Señorita Venezuela a veces tiene dificultad para ser actriz de cine.

Nombre ____________________ Fecha ____________

Sección ____________

Pronunciación y ortografía

D **Guía para el uso de la letra *h*.** La **h** es muda, no tiene sonido. Sólo tiene valor ortográfico. Observa el deletreo de las siguientes palabras con la **h** mientras la narradora las lee.

hospital **h**abitar

humano ex**h**austo

a**h**ora

Ahora, escucha a los narradores leer las siguientes palabras y escribe las letras que faltan en cada una.

1. ____ r e d a r

2. p r o ____ b i r

3. r e ____ s a r

4. ______ r r o

5. ______ l g a

6. ____ s t i l i d a d

7. v e ____ m e n t e

8. ____ r o e

9. e x ____ l a r

10. ____ r m i g a

E **Deletreo con la letra *h*.** La **h** siempre se escribe en una variedad de prefijos griegos.

- Con los prefijos **hema-** y **hemo-**, que significan **sangre**

hematología **hema**tólogo **hemo**globina

hematosis **hemo**filia **hemo**rragia

- Con el prefijo **hecto-**, que significa **cien**, y **hexa-**, que significa **seis**

hectómetro **hect**área **hexa**cordo

hectolitro **hexá**gono **hexa**sílabo

- Con el prefijo **hosp-**, que significa **huésped**, y **host-**, que significa **extranjero**

hospital **hosp**icio **host**ilizar

hospedar **host**il **host**ilidad

- Con el prefijo **hiper-**, que significa **exceso**, e **hidro-**, que significa **agua**

hipercrítico **hiper**termia **hidro**metría

hipersensible **hidro**plano **hidro**terapia

- Con el prefijo **helio-,** que significa **sol,** e **hipo-,** que significa **inferioridad**

heliofísica	**helio**scopio	**hipó**crita
heliografía	**hipo**condrio	**hipo**pótamo

Ahora, escucha a los narradores leer las siguientes palabras y escribe las letras que faltan en cada una.

1. ____________ g r a m o
2. ____________ t e r a p i a
3. ____________ s o l u b l e
4. __________ e d a r
5. ____________ s t á t i c a
6. __________ t e n s i ó n
7. ____________ g r a f o
8. __________ i t a l i z a r
9. __________ g o n a l
10. __________ t e c a

F **Dictado.** Escucha el siguiente dictado e intenta escribir lo más que puedas. El dictado se repetirá una vez más para que revises tu párrafo.

El desarrollo industrial

____

____

____

____

____

____

____

____

____

____

____

____

____

____

Nombre ______________________ Fecha ______________

Sección ______________

UNIDAD 4

LECCIÓN 4

¡A explorar!

Gramática en contexto

G **Explicaciones.** Una estudiante nueva de Venezuela llegó a tu escuela. Ahora ella está contando algo sobre su país y sobre Simón Bolívar. Para saber qué dice, completa cada oración con el **pronombre relativo** apropiado.

1. Los indígenas arawak eran una tribu ____________ habitaba el territorio venezolano antes de la llegada de los españoles.
2. El lago de Maracaibo es el lugar en ____________ se encuentran casas puestas sobre pilotes.
3. Santa Ana de Coro y Santiago de León de Caracas son dos ciudades ____________ fueron el centro de la vida colonial venezolana.
4. Simón Bolívar, ____________ nació en Caracas, continuó la lucha por la independencia del país.
5. Simón Bolívar fue el primer presidente ____________ gobernó Venezuela.
6. Bolívar fue también el primer presidente de la Gran Colombia, ____________ incluía los territorios de Colombia, Venezuela, Ecuador y Panamá.
7. Bolívar, ____________ esfuerzos por establecer La Gran Colombia fracasaron, murió desilusionado en Santa Marta, Colombia, el 17 de diciembre de 1830.

H **Juguetes.** Tu sobrinito te muestra los diferentes juguetes que tiene. Para saber lo que dice, combina las dos oraciones en una sola usando un **pronombre relativo** apropiado.

MODELO *Éste es el tractor. Llevo este tractor al patio todas las tardes.*
Éste es el tractor que llevo al patio todas las tardes.

1. Éstos son los soldaditos de plomo. Mi tío Rubén me compró estos soldaditos en Nicaragua.

 ____

 ____

2. Éste es el balón. Uso este balón para jugar al básquetbol.

 ____

 ____

3. Éstos son los títeres. Juego a menudo con estos títeres.

 ____

 ____

4. Éste es el coche eléctrico. Mi papá me regaló este coche el año pasado.

 ____

 ____

5. Éstos son los jefes del ejército. Mis soldaditos de plomo desfilan delante de estos jefes.

 ____

 ____

Vocabulario activo

I **Lógica.** En cada grupo de palabras, subraya aquélla que no esté relacionada con el resto.

1. aire	agua	tierra	pavo	fuego
2. abedul	roble	alce	arce	pino
3. conejo	lirio	narciso	clavel	girasol
4. ardilla	puma	girasol	oso	venado
5. cinc	zafiro	estaño	hierro	plomo

Nombre ______________________ Fecha ____________

Sección ____________

UNIDAD 4

LECCIÓN 4

J **Ejemplos.** Indica qué palabras de la segunda columna son ejemplos de cada palabra o frase de la primera.

____ **1.** piedras preciosas	**a.** orquídea y oso
____ **2.** metales	**b.** lirio y margarita
____ **3.** recursos naturales	**c.** plata y oro
____ **4.** animales	**d.** jade, ópalo y rubí
____ **5.** flores	**e.** alce y zorro
____ **6.** árboles	**f.** petróleo, carbón y uranio
____ **7.** flora y fauna	**g.** hierro, estaño y cobre
____ **8.** metales preciosos	**h.** roble y abedul

Composición: *proveer información*

K **Falta de recursos naturales.** EE.UU. es un país dotado de recursos naturales, lo cual ha facilitado su grandeza. ¿Cuáles de esos recursos vienen de tu estado natal? ¿Qué recursos naturales tiene que importar tu estado? ¿De dónde consigue recursos esenciales como petróleo y hierro? ¿Son muy costosos? Escribe una breve composición contestando estas preguntas.

Nombre ______________________ Fecha ____________

Sección ____________

UNIDAD 5

LECCIÓN 1

¡A escuchar!

Gente del Mundo 21

A **Un cantante peruano.** Escucha lo que dicen estos jóvenes peruanos sobre uno de los cantantes más famosos de Perú, Gian Marco Zignago. Luego marca si cada oración que sigue es **cierta** (C) o **falsa** (F).

C F **1.** La pareja que habla acaba de salir de un concierto de Gian Marco.

C F **2.** A Antonio le encantó el concierto, pero a María le pareció tan mal que casi se puso a llorar.

C F **3.** La canción favorita de María fue "El último adiós" y la de Antonio fue "Mírame".

C F **4.** De niño, empezó su carrera como cantante en la televisión.

C F **5.** Gian Marco también hizo un papel importante en la obra musical *Velo negro, velo blanco.*

C F **6.** Gian Marco actuó en más de diez obras musicales en Perú.

Cultura y gramática en contexto

B **Perú precolombino.** Escucha el siguiente texto acerca de la dificultad de conocer las culturas precolombinas de Perú. Luego indica si la información que aparece a continuación se menciona (**Sí**) o no (**No**) en el texto. Escucha una vez más para verificar tus respuestas.

Sí **No** **1.** Perú tiene una larga historia desde mucho antes de la llegada de los españoles.

Sí **No** **2.** Los incas no dejaron documentos escritos.

Sí **No** **3.** La historia de la cultura chimú es fascinante.

Sí **No** **4.** Los huaqueros saquean excavaciones arqueológicas.

Sí **No** **5.** Tal como los terremotos destruyen ciudades en la actualidad, también pueden haber destruido ciudades en tiempos antiguos.

Sí **No** **6.** El aporte de la cultura africana no es importante en Perú.

C **Pequeña empresa.** Escucha lo que dice el gerente acerca de su empresa y luego determina si las afirmaciones que siguen coinciden (**Sí**) o no (**No**) con la información del texto. Escucha una vez más para verificar tus respuestas.

Sí **No** **1.** En la empresa hay cincuenta empleados.

Sí **No** **2.** Hay una sola secretaria que habla español.

Sí **No** **3.** Buscan secretarias bilingües.

Sí **No** **4.** El jefe de ventas es dinámico.

Sí **No** **5.** No les gusta la recepcionista que tienen.

Sí **No** **6.** Buscan una recepcionista que se entienda bien con la gente.

Pronunciación y ortografía

D **Guía para el uso de la letra *y*.** La **y** tiene dos sonidos. Cuando ocurre sola o al final de una palabra tiene el sonido **/i/**, como en **fray** y **estoy.** Este sonido es idéntico al sonido de la vocal **i.** En todos los otros casos tiene el sonido **/y/**, como en **ayudante** y **yo.** (Este sonido puede variar, acercándose en algunas regiones al sonido *sh* del inglés.) Observa el deletreo de estos sonidos al escuchar a la narradora leer las siguientes palabras.

/i/	/y/
y	ensayo
soy	apoyar
virrey	yerno
Uruguay	ayuda
muy	leyes

Nombre ______________________ Fecha ______________

Sección ______________

UNIDAD 5

LECCIÓN 1

Ahora escucha a los narradores leer palabras con los dos sonidos de la letra **y** e indica si el sonido que escuchas en cada una es /**i**/ o /**y**/.

1. /i/ /y/

2. /i/ /y/

3. /i/ /y/

4. /i/ /y/

5. /i/ /y/

6. /i/ /y/

7 /i/ /y/

8. /i/ /y/

9. /i/ /y/

10. /i/ /y/

E

Deletreo con la letra *y*. La **y** siempre se escribe en ciertas palabras y formas verbales y en ciertas combinaciones.

- En ciertas palabras que empiezan con **a**

ayer **ay**uda **ay**uno

ayunar **ay**untar **ay**udante

- En formas verbales cuando la letra **i** ocurriría entre dos vocales y no se acentuaría

leyendo (de leer) **oye**n (de oír)

haya (de haber) **cayó** (de caer)

- Cuando el sonido /**i**/ ocurre al final de una palabra y no se acentúa. El plural de sustantivos en esta categoría también se escribe con **y.**

esto**y** re**y** le**y** virre**y**

vo**y** re**y**es le**y**es virre**y**es

Ahora escucha a los narradores leer las siguientes palabras y escribe las letras que faltan en cada una.

1. ______ u n a s

2. h ______

3. c a ____________

4. b u e ________

5. h u ________

6. P a r a g u ______

7. r e ________

8. ______ a c u c h a n o

9. v a ________

10. ______ u d a n t e

F **Dictado.** Escucha el siguiente dictado e intenta escribir lo más que puedas. El dictado se repetirá una vez más para que revises tu párrafo.

Las grandes civilizaciones antiguas de Perú

Nombre ________________ Fecha ________

Sección ________

UNIDAD 5

LECCIÓN 1

¡A explorar!

Gramática en contexto

G **Profesiones ideales.** Los estudiantes hablan del tipo de profesión que preferirían seguir.

MODELO *Espero tener una profesión en la que se ________ (usar) las lenguas extranjeras.*
Espero tener una profesión en la que se usen las lenguas extranjeras.

1. Quiero tener una profesión que me ________ (permitir) viajar.
2. Deseo una profesión en la que no ________ (haber) que calcular números.
3. Voy a elegir una profesión en la cual se ________ (ganar) mucho dinero.
4. Me gustaría seguir una profesión que ________ (requerir) contacto con la gente.
5. Quiero tener un trabajo en el que yo ________ (poder) usar mi talento artístico.

H **Fiesta de disfraces.** Tú y tus amigos hablan de una fiesta de disfraces que va a tener lugar este fin de semana. Para saber qué disfraces piensa llevar cada uno, completa las siguientes oraciones con el **presente de indicativo** o **de subjuntivo,** según convenga.

1. Quiero un disfraz que ________ (ser) divertido.
2. Pues, yo tengo un disfraz que ________ (ser) muy divertido.
3. Voy a llevar una máscara con la cual nadie me ________ (ir) a reconocer.
4. Necesito un disfraz que le ________ (dar) miedo a la gente.
5. Quiero un traje que no ________ (parecer) muy ridículo.
6. Busco un disfraz que ________ (tener) originalidad.

I **Deseos y realidad.** Di primeramente qué tipo de gobernantes pide la gente de Perú. En seguida, di si, en tu opinión, la gente elige o no ese tipo de gobernante.

MODELO *crear empleos*
La gente pide gobernantes que creen empleos.
La gente elige a gobernantes que (no) crean empleos.

1. reducir la inflación

____

____

2. eliminar la violencia

____

____

3. atender a la clase trabajadora

____

____

4. obedecer la constitución

____

____

5. dar más recursos para la educación

____

____

6. hacer reformas económicas

____

____

7. construir más carreteras

____

____

Nombre ______________________ Fecha ______________

Sección ______________

UNIDAD 5

LECCIÓN 1

Vocabulario activo

J **El cuerpo humano.** Escribe el nombre de las partes del cuerpo señaladas aquí.

a. ______________ n. ______________

b. ______________ o. ______________

c. ______________ p. ______________

d. ______________ q. ______________

e. ______________ r. ______________

f. ______________ s. ______________

g. ______________ t. ______________

h. ______________ u. ______________

i. ______________ v. ______________

j. ______________ w. ______________

k. ______________ x. ______________

l. ______________ m. ______________

y. ______________

K **Antónimos.** Indica qué palabra o frase de la segunda columna tiene el sentido opuesto de cada palabra o frase de la primera.

____ **1.** respirar	**a.** caído
____ **2.** caminar	**b.** levantar pesas
____ **3.** erguido	**c.** contraer
____ **4.** levantar	**d.** correr
____ **5.** estirar	**e.** descansar
____ **6.** carreras	**f.** exhalar
____ **7.** hacer ejercicio aeróbico	**g.** bajar
____ **8.** hacer ejercicio	**h.** caminatas

Composición: *hipotetizar*

L **El imperio inca en el Mundo 21.** Imagina que los españoles nunca descubrieron el imperio inca y que éste continuó desarrollándose a lo largo de los siglos. En una visita a Perú, tú visitas este magnífico imperio. ¿Qué observas en tal imperio hoy, en el siglo XXI? ¿Qué avances han alcanzado los incas en las áreas de agricultura, arquitectura y comunicaciones? ¿Cuál es la extensión del imperio? En una hoja en blanco, escribe una composición que se enfoca en estas preguntas.

Nombre ______________________ Fecha ______________

Sección ____________

¡A escuchar!

Gente del Mundo 21

A **Artista ecuatoriano.** Escucha lo que una profesora de arte de la Universidad de Guayaquil les dice a sus alumnos sobre un artista ecuatoriano. Luego marca si cada oración que sigue es **cierta (C)** o **falsa (F)**.

C F **1.** Oswaldo Guayasamín es hijo de españoles.

C F **2.** Además de pintor y muralista, Guayasamín también es escultor.

C F **3.** Se preocupa por las injusticias que sufren los ricos a manos de los indígenas.

C F **4.** Su conciencia social es resultado directo de su herencia indígena y mestiza.

C F **5.** *La edad de ira* es una serie de cuadros que pintó que afectó al mundo entero.

C F **6.** Algunos de sus cuadros tienen un valor de un millón de dólares.

Cultura y gramática en contexto

B

Otavalo. Escucha el texto sobre Otavalo y luego indica si las oraciones que siguen son **ciertas** (C) o **falsas** (F). Escucha una vez más para verificar tus respuestas.

C F **1.** Hay aproximadamente cuarenta mil personas en Otavalo.

C F **2.** Rumiñahui era amigo de los incas.

C F **3.** Otavalo queda al nivel del mar.

C F **4.** El mercado de artesanías tiene lugar los sábados.

C F **5.** Los otavalos usan pantalones blancos.

C F **6.** La persona que habla compró un poncho.

C F **7.** La persona que habla regateó mucho antes de pagar.

C

Tareas domésticas. A continuación escucharás a Alfredo decir cuándo va a hacer las tareas domésticas que le han pedido que haga. Escribe la letra del dibujo que corresponde a cada oración que escuchas. Escucha una vez más para verificar tus respuestas.

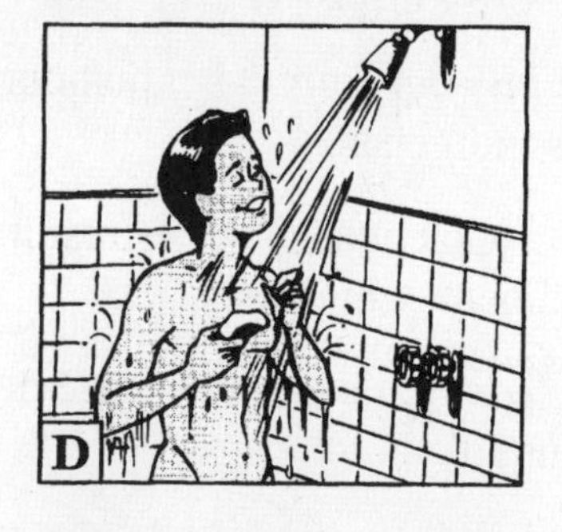

Nombre ______________________ Fecha ______________

Sección ______________

UNIDAD 5

LECCIÓN 2

G

H

1. ______
2. ______
3. ______
4. ______
5. ______

Pronunciación y ortografía

D **Guía para el uso de la agrupación *ll*.** La **ll** tiene el mismo sonido que la **y** en palabras como **yo** y **ayuda.** Observa el uso de la **ll** al escuchar a la narradora leer las siguientes palabras.

/**y**/

llaneros

llaves

llegada

bata**ll**a

caudi**ll**o

E **Deletreo con la agrupación *ll.*** La **ll** siempre se escribe con ciertos sufijos y terminaciones.

- Con las terminaciones **-ella** y **-ello**

b**ella**	estr**ella**	cu**ello**
donc**ella**	cab**ello**	s**ello**

- Con los diminutivos **-illo, -illa, -cillo** y **-cilla**

Juan**illo**	chiqu**illa**	raton**cillo**
picad**illo**	calzon**cillo**	rincon**cillo**

Ahora, escucha a los narradores leer las siguientes palabras y escribe las letras que faltan en cada una.

1. r a b ___ ___ ___ ___
2. t o r r e ___ ___ ___ ___ ___
3. p i l o n ___ ___ ___ ___ ___
4. t o r t ___ ___ ___ ___
5. r a s t r ___ ___ ___ ___
6. c o n e j ___ ___ ___ ___
7. m a r t ___ ___ ___ ___
8. l a d r ___ ___ ___ ___
9. p a j a r ___ ___ ___ ___
10. p i e c ___ ___ ___ ___

F **Deletreo con la letra *y* y la agrupación *ll.*** Debido a que tienen el mismo sonido, la **y** y la **ll** con frecuencia presentan dificultades ortográficas. Escucha a los narradores leer las siguientes palabras con el sonido **/y/** y complétalas con **y** o con **ll,** según corresponda.

1. o r i ______ a
2. ______ e r n o
3. m a ______ o r í a
4. b a t a ______ a
5. l e ______ e s
6. c a u d i ______ o
7. s e m i ______ a
8. e n s a ______ o
9. p e s a d i ______ a
10. g u a ______ a b e r a

Nombre ____________________________ Fecha ________________

Sección ________________

UNIDAD 5

LECCIÓN 2

G **Dictado.** Escucha el siguiente dictado e intenta escribir lo más que puedas. El dictado se repetirá una vez más para que revises tu párrafo.

Época más reciente

¡A explorar!

Gramática en contexto

H **¿Cuándo es mejor casarse?** La profesora Martínez le preguntó a su clase cuándo es el mejor momento para que una pareja se case. Completa las respuestas que dieron.

MODELO *obtener un buen trabajo*
Cuando obtengan un buen trabajo.

1. Cuando __________________ (terminar) la escuela secundaria.
2. Cuando __________________ (graduarse) de la universidad.
3. Cuando __________________ (tener) por lo menos veinticinco años.
4. Cuando __________________ (estar) seguros de que están enamorados.
5. Cuando __________________ (sentir) que pueden afrontar las responsabilidades.

I **Mañana ocupada.** El sábado que viene, Fernando tendrá una mañana muy ocupada. Para saber qué debe hacer, completa los verbos que aparecen entre paréntesis con el **presente de indicativo** o **de subjuntivo,** según convenga.

El próximo sábado, en cuanto __________________ (1. levantarse), debo llevar a mi hermano al aeropuerto. Cuando __________________ (2. regresar), apenas voy a tener tiempo de tomar un desayuno rápido. Siempre me pongo de mal humor cuando no __________________ (3. tomar) un buen desayuno. Tan pronto como __________________ (4. terminar) de desayunar, voy a llevar a mi hermanita a su partido de fútbol. Mientras ella __________________ (5. jugar) al fútbol, generalmente aprovecho para hacer compras. Cuando __________________ (6. completar) las compras, va a ser la hora de pasar a recoger a mi hermanita. Cuando __________________ (7. llegar) a casa, debo comenzar a pintar mi habitación. En días como éstos, estoy contentísimo cuando __________________ (8. llegar) la noche.

Nombre ______________________ Fecha ____________

Sección ____________

UNIDAD 5

LECCIÓN 2

J **Visita al médico.** Tú siempre te imaginas lo peor cuando tienes que ir al médico. Ahora hablas con un amigo acerca de una visita al médico que tendrás la semana próxima. Completa las oraciones con la forma apropiada del **presente de indicativo** o **de subjuntivo** de los verbos entre paréntesis para saber las opiniones y esperanzas expresadas.

1. Creo que me va a ir bien a menos que ____________ (sea) cáncer de los pulmones.
2. A mí me es difícil entender al médico sin que él me ____________ (permitir) suficiente tiempo para pensar.
3. Espero no tener demasiado alta la presión porque no ____________ (querer) tener que visitar al cardiólogo.
4. Ojalá al médico le gusten mis respuestas para que me ____________ (decir) que estoy bien.
5. Dudo que el médico me recomiende terapia puesto que me ____________ (sentir) demasiado débil.
6. Haré todo lo que el médico me recomiende con tal que no ____________ (tener) que internarme.

Vocabulario activo

K **Lógica.** En cada grupo de palabras, subraya aquélla que no esté relacionada con el resto.

1. aspirina	pastilla	bálsamo	píldora
2. cardiólogo	hígado	pulmones	riñones
3. obstetra	oftalmólogo	pulverizador	cirujano
4. cáncer	infarto	apendicitis	resfriado
5. adolorido	débil	antidepresivo	en terapia
6. inflamación	fiebre	infección	hierba

L **Sinónimos.** Indica qué palabra o frase de la segunda columna tiene el mismo sentido de cada palabra o frase de la primera.

_____ **1.** penicilina	**a.** vaporizador
_____ **2.** píldora	**b.** catarro
_____ **3.** infarto	**c.** antibiótico
_____ **4.** resfriado	**d.** medicamento
_____ **5.** pulverizador	**e.** mejorando
_____ **6.** remedio	**f.** médico
_____ **7.** cardiólogo	**g.** pastilla
_____ **8.** recuperando	**h.** ataque cardiaco

Composición: *narración descriptiva*

M **Diario.** Imagina que eres el naturalista Charles Darwin y en octubre de 1835 te encuentras en el buque inglés *HMS Beagle* frente a la costa de una de las islas Galápagos. En una hoja en blanco, describe las primeras impresiones que tuviste al recorrer por primera vez una de estas islas.

Nombre ______________________ Fecha ____________

Sección ____________

¡A escuchar!

Gente del Mundo 21

A **Escritora y activista boliviana.** Escucha lo que una profesora de literatura latinoamericana les dice a sus alumnos sobre una importante escritora y activista boliviana. Luego marca si cada oración que sigue es **cierta (C)** o **falsa (F)**.

C **F** **1.** Gaby Vallejo es conocida por su defensa del niño y de la mujer.

C **F** **2.** Cuando era más joven, sirvió de presidenta de varias asociaciones literarias, pero ya no participa en esas asociaciones.

C **F** **3.** Varias de sus novelas tratan la temática social boliviana.

C **F** **4.** Su novela, *Hijo de opa,* fue traducida al inglés y llevada al cine en EE.UU.

C **F** **5.** Gaby Vallejo también ha publicado varios textos de literatura infantil.

C **F** **6.** En 2001 Gaby Vallejo recibió el Premio al Pensamiento y a la Cultura "Antonio José Sucre".

Cultura y gramática en contexto

B **El lago Titicaca.** Escucha el siguiente texto acerca del lago Titicaca y luego selecciona la opción que complete correctamente la información. Escucha una vez más para verificar tus respuestas.

1. El lago Titicaca pertenece...
   - **a.** exclusivamente a Perú.
   - **b.** exclusivamente a Bolivia.
   - **c.** tanto a Perú como a Bolivia.
2. El lago Titicaca está a... metros sobre el nivel del mar.
   - **a.** 3.800
   - **b.** 2.800
   - **c.** 1.800
3. Buques de vapor pueden navegar el lago debido a...
   - **a.** lo largo del lago.
   - **b.** la profundidad del lago.
   - **c.** lo ancho.
4. Los indígenas que viven junto al lago crían...
   - **a.** vacas.
   - **b.** llamas.
   - **c.** cerdos.
5. En el lago hay islas con...
   - **a.** tesoros arqueológicos.
   - **b.** grandes bosques.
   - **c.** mucha vegetación.

Nombre ______________________ Fecha ____________

Sección ______________

UNIDAD 5
LECCIÓN 3

C **Actividades del sábado.** Rodrigo habla de lo que él y sus amigos harán el sábado que viene. Mientras escuchas lo que dice, ordena numéricamente los dibujos. Ten en cuenta que algunos dibujos quedarán sin numerar. Escucha una vez más para verificar tus respuestas.

A. __________

B. __________

C. __________

D. __________

E. __________

F. __________

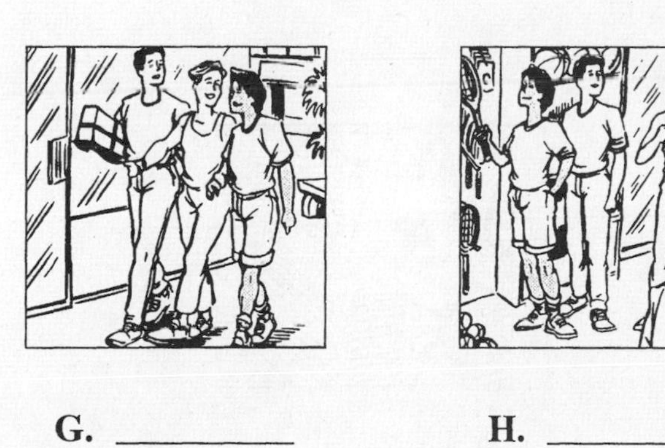

G. __________ **H.** __________

D **Sueños.** Ahora escucharás a unos estudiantes decir lo que harían con un millón de dólares. Mientras los escuchas, ordena numéricamente los dibujos. Ten en cuenta que algunos dibujos quedarán sin numerar. Escucha una vez más para verificar tus respuestas.

A. ___________

B. ___________

C. ___________

D. ___________

E. ___________

F. ___________

G. ___________

H. ___________

Nombre ______________________________ Fecha ________________

Sección ________________

Pronunciación y ortografía

E

Guía para el uso de la *r* y la agrupación *rr*. La **r** tiene dos sonidos, uno simple /ř/, como en **cero, altura** y **prevalecer,** y otro múltiple /r̄/, como en **cerro, guerra** y **renovado.** Ahora, al escuchar a la narradora leer las siguientes palabras, observa que el deletreo del sonido /ř/ siempre se representa por la **r** mientras que el sonido /r̄/ se representa tanto por la **rr** como por la **r.**

/ř/	/r̄/
co**r**azón	**r**eunión
abst**r**acto	**r**evuelta
he**r**ede**r**o	**r**eclamo
emp**r**esa	ba**rr**io
flo**r**ece**r**	desa**rr**ollo

Ahora escucha a los narradores leer las siguientes palabras con los dos sonidos de la **r** e indica si el sonido que escuchas es /ř/ o /r̄/.

1. /ř/ /r̄/
2. /ř/ /r̄/
3. /ř/ /r̄/
4. /ř/ /r̄/
5. /ř/ /r̄/
6. /ř/ /r̄/
7. /ř/ /r̄/
8. /ř/ /r̄/
9. /ř/ /r̄/
10. /ř/ /r̄/

F

Deletreo con los sonidos /ř/ **y** /r̄/. Las siguientes reglas de ortografía determinan cuándo se debe usar una **r** o la agrupación **rr.**

- La letra **r** tiene el sonido /ř/ cuando ocurre entre vocales, antes de una vocal o después de una consonante excepto **l, n** o **s.**

  ante**r**io**r** auto**r**idad nit**r**ato

  pe**r**iodismo o**r**iente c**r**uzar

- La letra **r** tiene el sonido /r̄/ cuando ocurre al principio de una palabra.

  residir **r**atifica **r**eloj **r**ostro

- La letra **r** también tiene el sonido /r̄/ cuando ocurre después de la **l, n** o **s.**

  al**r**ededor en**r**iquecer hon**r**ar des**r**atizar

- La agrupación **rr** siempre tiene el sonido /r̃/.

der**rr**ota enter**rr**ado hie**rr**o te**rr**emoto

- Cuando una palabra que empieza con **r** se combina con otra para formar una palabra compuesta, la **r** inicial se duplica para conservar el sonido /r̃/ original.

costa**rr**icense multi**rr**acial infra**rr**ojo vi**rr**ey

Ahora, escucha a los narradores leer las siguientes palabras y escribe las letras que faltan en cada una.

1. t e _ _ _ t o _ _ o
2. E _ _ _ q u e t a
3. _ _ _ _ v _ _ _ n t e
4. _ _ _ s p e _ _ _
5. f _ _ _ _ c _ _ _ _ l
6. _ _ _ o l u c i ó n
7. i n t _ _ _ _ m p _ _
8. f u _ _ z a
9. s _ _ p i e n t e
10. e _ _ _ q u e c _ _ s e

G **Deletreo de palabras parónimas.** Dado que tanto la **r** como la **rr** ocurren entre vocales, existen varios pares de palabras parónimas, o sea idénticas excepto por una letra, por ejemplo **coro** y **corro.** Mientras los narradores leen las siguientes palabras parónimas, escribe las letras que faltan en cada una.

1. p e ______ o   p e ______ o
2. c o ______ a l   c o ______ a l
3. a h o ______ a   a h o ______ a
4. p a ______ a   p a ______ a
5. c e ______ o   c e ______ o
6. h i e ______ o   h i e ______ o
7. c a ______ o   c a ______ o
8. f o ______ o   f o ______ o

Nombre ______________________ Fecha ______________

Sección ______________

UNIDAD 5

LECCIÓN 3

H **Dictado.** Escucha el siguiente dictado e intenta escribir lo más que puedas. El dictado se repetirá una vez más para que revises tu párrafo.

Las consecuencias de la independencia en Bolivia

¡A explorar!

Gramática en contexto

I **Deportes.** ¿Qué dicen tus amigos que harán, amantes de los deportes, la tarde del miércoles?

MODELO

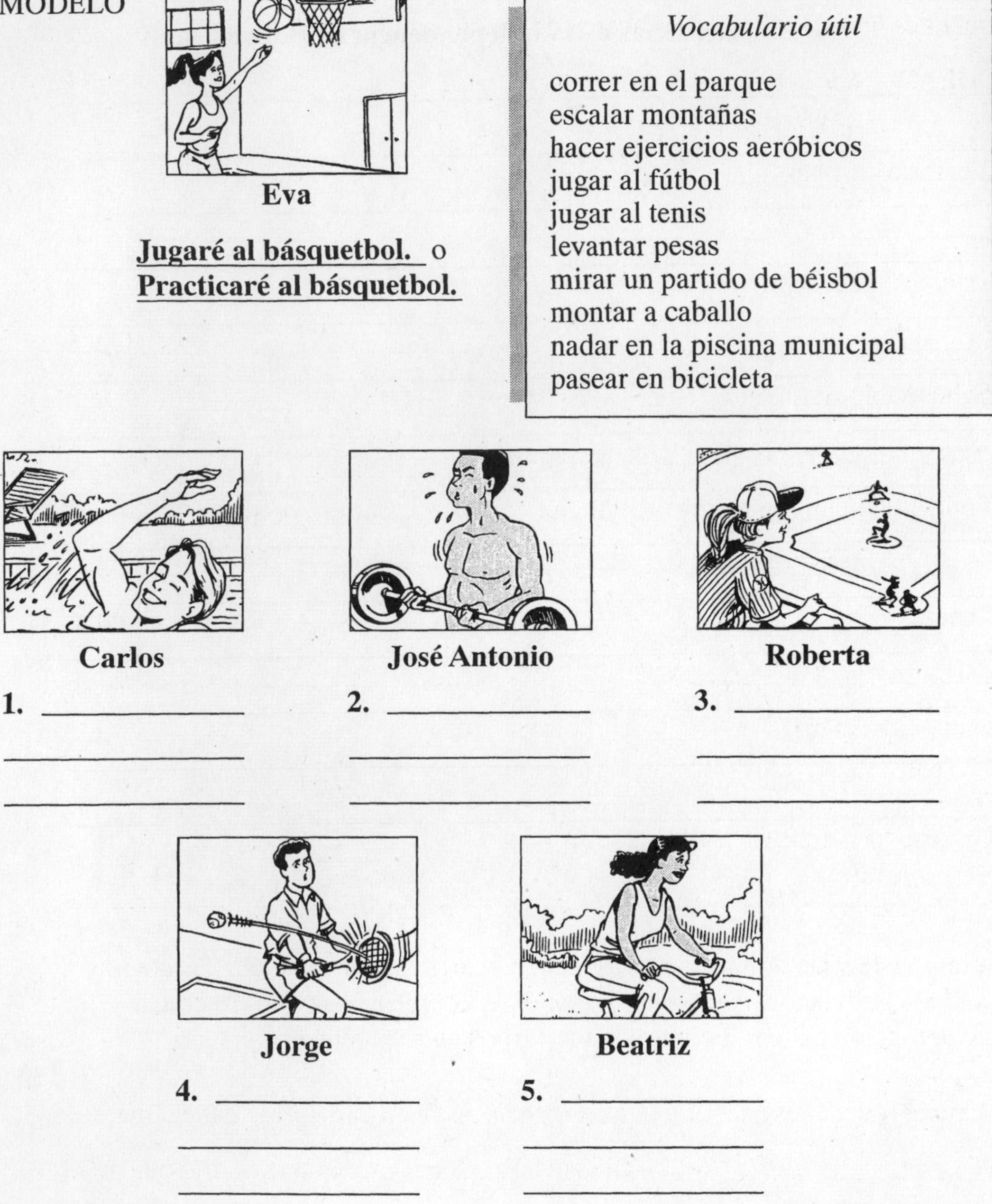

Eva

Jugaré al básquetbol. o
Practicaré al básquetbol.

Vocabulario útil

correr en el parque
escalar montañas
hacer ejercicios aeróbicos
jugar al fútbol
jugar al tenis
levantar pesas
mirar un partido de béisbol
montar a caballo
nadar en la piscina municipal
pasear en bicicleta

Carlos

1. ______________________________

José Antonio

2. ______________________________

Roberta

3. ______________________________

Jorge

4. ______________________________

Beatriz

5. ______________________________

Nombre ____________________ Fecha ____________

Sección ____________

UNIDAD 5
LECCIÓN 3

J

¿Quién será? Tu profesor de español le dice a la clase que tiene un invitado especial que en unos momentos más va a entrar en la sala. Los estudiantes hacen suposiciones acerca de quién es el huésped.

MODELO *Ser una joven*
¿Será una joven?

1. Venir de otro país

   ____

2. Hablar español muy rápido

   ____

3. Saber hablar inglés

   ____

4. Poder entender lo que nosotros decimos

   ____

5. Tener nuestra edad

   ____

6. darnos una charla

   ____

7. gustarle los deportes

   ____

K

Próxima visita. Un amigo te está contando acerca de una carta que les envió a sus amigos bolivianos. Para saber lo que dice, completa este párrafo con la forma apropiada del **condicional** de los verbos entre paréntesis.

La semana pasada les escribí a unos amigos que viven en La Paz. Les comuniqué que ____________ (1. ir) a visitarlos el mes próximo. Les dije que más adelante les ____________ (2. enviar) todos los detalles de mi llegada. Les aseguré que en esta visita ____________ (3. tener) dos semanas, y no dos días, para recorrer el país. Les expliqué que ____________ (4. salir) de la La Paz por unos días porque ____________ (5. visitar) el lago Titicaca.

L **Ausencia.** Todos están muy extrañados de que Marcos no haya asistido a la reunión del Club de Español, a la cual había prometido asistir sin falta, y piensan en posibles razones por su ausencia.

MODELO *quedarse dormido*
¿Se quedaría dormido?

1. necesitar ocuparse de su hermanito

____

2. creer que la reunión era otro día

____

3. no poder salir del trabajo a esa hora

____

4. tener una emergencia

____

5. descomponérsele el coche

____

Vocabulario activo

M **Lógica.** En cada grupo de palabras, subraya aquélla que no esté relacionada con el resto.

1. calzones	sostén	pantimedias	volantes
2. chaqueta	gafas	impermeable	abrigo
3. lunares	algodón	lana	seda
4. pantuflas	botas	chanclas	tallas
5. encaje	vaqueros	mezclilla	jeans
6. medias	calcetines	bufandas	pantimedias

N **Opciones.** Indica qué opción completa correctamente las siguientes oraciones.

1. Para comprar pendientes, collares o pulseras hay que ir al Departamento de...

   a. Hogar.

   b. Caballero.

   c. Complementos de Moda.

2. Si vas a un centro comercial sin ninguna intención de comprar nada, se puede decir que andas...

a. curioseando.

b. de compras.

c. de moda.

3. Si alguien menciona tu talla, probablemente habla...

a. del color de tu pelo.

b. del material de la ropa que llevas.

c. de tu medida.

4. La seda es...

a. una talla.

b. un material.

c. terciopelo.

5. Algo que siempre se compra en pares son...

a. los chalecos.

b. las pantuflas.

c. los volantes.

Composición: *expresar opiniones*

0

Las culturas indígenas. En Bolivia, tanto como en Perú y en Ecuador, las culturas indígenas todavía se mantienen vivas y activas. En tu opinión, ¿no sería mejor que estas culturas se asimilaran a la cultura dominante? ¿Qué podría contribuir una cultura antigua a la cultura nacional? En una hoja en blanco, desarrolla una breve composición basándote en estas preguntas.

Nombre ______________________ Fecha ____________

Sección ____________

UNIDAD 6
LECCIÓN 1

¡A escuchar!

Gente del Mundo 21

A **Escritor argentino.** Dos amigas están hablando en un café al aire libre en Buenos Aires. Escucha lo que dicen sobre la vida y la obra de uno de los escritores más importantes del siglo XX. Luego marca si cada oración que sigue es **cierta (C)** o **falsa (F)**.

C **F** **1.** Una dc las amigas siempre descubre algo nuevo cuando lee algún cuento de Jorge Luis Borges por segunda o tercera vez.

C **F** **2.** Borges estudió el bachillerato en Londres.

C **F** **3.** Aprendió inglés de niño.

C **F** **4.** La fama mundial de Borges se debe principalmente a sus poemas.

C **F** **5.** Cuando Borges se quedó ciego, en 1955, dejó de publicar libros.

C **F** **6.** Borges murió en Ginebra cuando celebraba su cumpleaños.

Cultura y gramática en contexto

B

El tango. Escucha el texto que sigue acerca del tango y luego selecciona la opción que complete correctamente las oraciones que siguen. Escucha una vez más para verificar tus respuestas.

1. El tango nació en...

a. el siglo XVIII.

b. el siglo XIX.

c. el siglo XX.

2. Cuando apareció el tango mucha gente consideraba que era un escándalo...

a. que la mujer se moviera tanto.

b. que el hombre bailara tan junto a la mujer.

c. que el hombre realizara movimientos de cintura insinuantes.

3. Actualmente, el instrumento característico del tango es...

a. el bandoneón.

b. el violín.

c. la guitarra.

4. Los franceses...

a. odiaron el tango.

b. se escandalizaron con el tango.

c. bailaron el tango con entusiasmo.

5. Carlos Gardel fue...

a. el primero que cantó tangos en Argentina.

b. el cantante de tangos más célebre de Argentina.

c. un famoso cantante de tangos uruguayo.

Nombre ____________________ Fecha ____________

Sección ____________

UNIDAD 6

LECCIÓN 1

C **Abuelos tolerantes.** Escucha lo que dice Claudio acerca de lo que sus abuelos les permitían hacer a él y a sus hermanos cuando, de niños, iban a visitarlos. Mientras escuchas, ordena numéricamente los dibujos. Ten en cuenta que algunos dibujos quedarán sin numerar. Escucha una vez más para verificar tus respuestas.

A. ________

B. ________

C. ________

D. ________

E. ________

F. ________

G. ________

H. ________

Pronunciación y ortografía

D **Palabras parónimas:** ***ay*** **y** ***hay.*** Estas palabras son parecidas y se pronuncian de la misma manera, pero tienen distintos significados.

- La palabra **ay** es una exclamación que puede indicar sorpresa o dolor.

  ¡**Ay**! ¡Qué sorpresa!

  ¡**Ay, ay, ay**! Me duele mucho, mamá.

  ¡**Ay**! Acaban de avisarme que Inés tuvo un accidente.

- La palabra **hay** es una forma impersonal del verbo **haber** que significa *there is* o *there are.* La expresión **hay que** significa **es preciso, es necesario.**

  Hay mucha gente aquí. ¿Qué pasa?

  Dice que **hay** leche pero que no **hay** tortillas.

  ¡**Hay que** llamar a este número en seguida!

Ahora, al escuchar a los narradores, indica con una **X** si lo que oyes es la exclamación **ay,** el verbo **hay** o la expresión **hay que.**

	ay	*hay*	*hay que*
1.	☐	☐	☐
2.	☐	☐	☐
3.	☐	☐	☐
4.	☐	☐	☐
5.	☐	☐	☐

E **Deletreo.** Al escuchar a los narradores leer las siguientes oraciones, escribe **ay, hay** o **hay que,** según corresponda.

1. ¡_____________ hacerlo, y se acabó! ¡Ya no quiero oír más protestas!

2. ¡_____________! Ya no aguanto este dolor de muelas.

3. No sé cuántas personas _____________. ¡El teatro está lleno!

4. ¡_____________! ¡Estoy tan nerviosa! ¿Qué hora es?

5. No _____________ más remedio. Tenemos que hacerlo.

Nombre ______________________ Fecha ______________

Sección ______________

UNIDAD 6

LECCIÓN 1

F **Dictado.** Escucha el siguiente dictado e intenta escribir lo más que puedas. El dictado se repetirá una vez más para que revises tu párrafo.

La era de Perón

¡A explorar!

Gramática en contexto

G **Padres descontentos.** Tus padres hablaron contigo porque no están contentos con la conducta que has mostrado últimamente. Di qué te pidieron.

MODELO *Me pidieron que ____________________ (ser) más responsable.*
Me pidieron que fuera más responsable.

1. Me pidieron que ____________________ (distribuir) mejor mi tiempo.
2. Me pidieron que ____________________ (leer) más libros en vez de revistas.
3. Me pidieron que ____________________ (ayudar) más en las tareas del hogar.
4. Me pidieron que no ____________________ (poner) la ropa en la sala de estar.
5. Me pidieron que no ____________________ (pelearme) con mi hermanita.

H **Vida poco activa.** Explica bajo qué condiciones harías más actividad física.

MODELO *Participar en más deportes / ser más coordinado(a)*
Participaría en más deportes si fuera más coordinado(a).

1. Jugar al fútbol / tener dinero para el equipo

____

2. Ir a pescar / vivir más cerca del río

____

3. Correr por el parque / poder hacerlo con unos amigos

____

4. Ir a acampar / soportar dormir sobre el suelo

____

5. meterse en una balsa / saber nadar

____

I **Temores.** Tú y tus amigos hablan de las dudas y temores que tuvieron antes de un viaje que hicieron en grupo.

MODELO *Pensar / el viaje no realizarse*
Pensábamos que el viaje no se realizaría.

1. Pensar / alguien poder enfermarse

____

2. Temer / el vuelo ser cancelado

____

3. Dudar / todos llegar al aeropuerto a la hora correcta

____

4. Estar seguros / alguien olvidar el pasaporte

____

5. Temer / un amigo cambiar de opinión a última hora y decidir no viajar

____

J **Coches.** El coche de tu mejor amiga ya no funciona muy bien. Completa el texto que sigue con el **imperfecto de indicativo** o **de subjuntivo** de los verbos entre paréntesis, según convenga, para saber qué decide hacer.

Tenía un coche que me ____________ (1. dar) muchos problemas. Algunas mañanas no ____________ (2. partir). Otras veces el motor ____________ (3. hacer) unos ruidos horribles. Decidí buscar un coche que no ____________ (4. ser) tan viejo como el mío; uno que ____________ (5. estar) en buenas condiciones, que no ____________ (6. gastar) mucha gasolina y por el cual su dueño no ____________ (7. pedir) mucho dinero.

Vocabulario activo

K **Lógica.** En cada grupo de palabras, subraya aquella palabra o frase que no esté relacionada con el resto.

1. expulsar	derrota	contar una falta	cobrar un penal
2. árbitro	arquero	defensa	delantero
3. gol de córner	entrenador	tiro libre	golpe de cabeza
4. pelota	golpe de cabeza	mediocampista	arco
5. expulsar	lastimarse	lesionarse	recibir una patada

L **Definiciones.** Indica cuál es la palabra que se define en cada caso.

1. un equipo de fútbol

a. una selección

b. un tiro

c. una falta

2. perder con muchos puntos

a. un penal

b. un tiro libre

c. una derrota

3. meter goles

a. anotar goles

b. dar patadas

c. conseguir entradas

4. jugador de fútbol

a. entrenador

b. mediocampista

c. árbitro

5. lastimarse

a. imaginarse

b. dar un golpe de cabeza

c. lesionarse

Composición: *comparación*

M **Mujeres formidables.** En esta lección has leído de las formidables mujeres argentinas: Eva Perón, Alfonsina Storni, Mercedes Sosa, María Luisa Bemberg, María Elena Walsh y Luisa Valenzuela entre otras. ¿Cómo se comparan las mujeres de EE.UU. con estas argentinas? ¿Hay equivalentes? ¿Hay mujeres en EE.UU. que se comparen a estas argentinas? En una hoja en blanco, escribe acerca de las semejanzas y las diferencias que en tu opinión existen entre las mujeres de estos dos grandes países.

Nombre ______________________________ Fecha ________________

Sección ________________

UNIDAD 6
LECCIÓN 2

Gente del Mundo 21

A **Escritor uruguayo.** Escucha lo que Carmen Verani y Jaime Méndez, locutores del programa cultural *Domingo en Montevideo* de Radio Uruguay, dicen de uno de los escritores más respetados de este país. Luego, marca si cada oración que sigue es **cierta** (C) o **falsa** (F).

C F **1.** En este programa los locutores Carmen Verani y Jaime Méndez entrevistan al escritor uruguayo Mario Benedetti.

C F **2.** Mario Benedetti ganó fama internacional cuando publicó su primer libro de cuentos, *Esta mañana.*

C F **3.** Su famosísima novela *La tregua* está basada en las relaciones políticas entre Uruguay y Paraguay.

C F **4.** Mario Benedetti jamás dejó de escribir durante los años que estuvo exiliado.

C F **5.** Sus extensas publicaciones suman más de sesenta obras que han sido recogidas en dos volúmenes: *Inventario uno* e *Inventario dos.*

C F **6.** *Domingo en Montevideo* es un programa cultural que se transmite en la Radio Uruguay todos los domingos por la tarde.

Cultura y gramática en contexto

B **La música nacional de Uruguay.** Escucha el siguiente texto acerca de la música de Uruguay y luego indica si las oraciones que siguen son **ciertas** (C) o **falsas** (F). Escucha una vez más para verificar tus respuestas.

C F **1.** Sólo los afrouruguayos aprecian el candombe.

C F **2.** El candombe muestra la influencia africana en la cultura uruguaya.

C F **3.** El tamboril es el instrumento que se usa en el candombe.

C F **4.** Para tocar el tamboril se usan las dos manos.

C F **5.** La gente baila al ritmo del candombe, que es muy contagioso.

C F **6.** La misa "Candombe" no es popular.

C **Excursión.** Tus amigos te dejaron mensajes telefónicos diciéndote cuándo saldrían de casa para una excursión que preparan. Mientras escuchas sus mensajes ordena numéricamente los dibujos. Ten en cuenta que algunos dibujos quedarán sin numerar. Escucha una vez más para verificar tus respuestas.

A. ____________

B. ____________

C. ____________

D. ____________

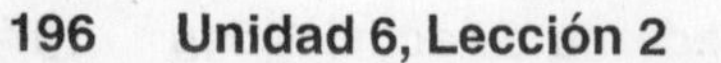

Nombre ______________________ Fecha ______________

Sección ______________

E. ____________

F. ____________

G. ____________

H. ____________

Acentuación y ortografía

D **Palabras parecidas.** Hay palabras que se pronuncian igual y, con la excepción del acento ortográfico, se escriben igual, pero tienen diferente significado y función en la oración. Estudia esta lista de palabras parecidas mientras la narradora las pronuncia.

aun	*even*	aún	*still, yet*
de	*of*	dé	*give*
el	*the*	él	*he*
mas	*but*	más	*more*
mi	*my*	mí	*me*
se	*himself, herself,* etcétera	sé	*I know; be*
si	*if*	sí	*yes*
solo	*alone*	sólo	*only*
te	*you*	té	*tea*
tu	*your*	tú	*you*

Ahora mientras el narrador pronuncia cada palabra, escríbela de dos maneras distintas, al lado de la función gramatical apropiada.

MODELO Escuchas: *tu*

Escribes: __**tú**__ pronombre sujeto __**tu**__ adjetivo posesivo

1. ________ artículo definido: *the* ________ pronombre sujeto: *he*
2. ________ pronombre personal: *me* ________ adjetivo posesivo: *my*
3. ________ preposición: *of* ________ forma verbal: *give*
4. ________ pronombre reflexivo: *himself, herself, itself, themselves* ________ forma verbal: *I know; be*
5. ________ conjunción: *but* ________ adverbio de cantidad: *more*
6. ________ sustantivo: *tea* ________ pronombre personal: *you*
7. ________ conjunción: *if* ________ adverbio afirmativo: *yes*
8. ________ adverbio: *even* ________ adverbio de tiempo: *still, yet*
9. ________ adverbio de modo: *only* ________ adjetivo: *alone*

Nombre ______________________________ Fecha ________________

Sección ______________

UNIDAD 6

LECCIÓN 2

E **¿Cuál corresponde?** Escucha a la narradora leer las siguientes oraciones y complétalas con las palabras apropiadas.

1. Éste es ______________ material que traje para ______________.
2. ¿______________ compraste un regalo para ______________ prima?
3. ______________ amigo trajo este libro para ______________.
4. Quiere que le ______________ café ______________ México.
5. No ______________ si él ______________ puede quedar a comer.
6. ______________ llama, dile que ______________ lo acompañamos.

F **Dictado.** Escucha el siguiente dictado e intenta escribir lo más que puedas. El dictado se repetirá una vez más para que revises tu párrafo.

Uruguay: la "Suiza de América" en recuperación

____

____

____

____

____

____

____

____

____

____

____

____

____

____

____

¡A explorar!

Gramática en contexto

G

Invitación rechazada. Tienes dos entradas para una obra de teatro. Invitas a varios amigos pero ninguno puede asegurarte que irá contigo. ¿Por qué no?

MODELO *Benito acompañarme / en caso de que / el concierto ser otro día*
Benito dijo que me acompañaría en caso de que el concierto fuera otro día.

1. Ernestina ir / con tal de que / no tener que salir con una amiga

 ____

 ____

2. Sergio ver la obra / en caso de que / el patrón no llamarlo para trabajar esa noche

 ____

 ____

3. Pilar salir conmigo / con tal de que / yo invitar a su novio también

 ____

 ____

4. Pablo no salir de su cuarto / sin que / el trabajo de investigación quedar terminado

 ____

 ____

5. Rita acompañarme / a menos que / su madre necesitarla en casa

 ____

 ____

H

Promesas. ¿Cuándo prometiste que harías las siguientes actividades?

MODELO *Prometí que haría las compras en cuanto ____________________ (escribir) unas cartas.*
Prometí que haría las compras en cuanto escribiera unas cartas.

1. Prometí que haría un pastel después que ____________________ (bañarme) y ____________________ (arreglarme).

2. Prometí que daría un paseo cuando el mecánico ____________________ (entregarme) el coche.

Nombre ______________________ Fecha ____________

Sección ____________

UNIDAD 6
LECCIÓN 2

3. Prometí que iría a la farmacia tan pronto como ______________________ (leer) el periódico.

4. Prometí que haría la cena en cuanto ______________________ (terminar) de lavar la ropa.

5. Prometí que jugaría al fútbol cuando ______________________ (volver) del banco.

I **Ayuda.** Tienes una fiesta el sábado que viene. Tus amigos te dicen si pueden o no venir a ayudarte con los preparativos. Completa con el **imperfecto de indicativo** o **de subjuntivo,** según convenga.

1. Graciela me dijo que llegaría tan pronto como ______________________ (desocuparse) en su casa.

2. Adriana me dijo que no vendría porque su padre no ______________________ (sentirse) bien y ella ______________________ (necesitar) cuidarlo.

3. Guillermo me dijo que llegaría después de que las clases ______________________ (terminar).

4. Ramiro me dijo que llegaría tarde ya que ______________________ (trabajar) horas extras.

5. Laura me dijo que llegaría antes de que ______________________ (comenzar) a llegar los invitados.

6. Horacio y David me dijeron que vendrían después de que ______________________ (hacer) unas compras.

Vocabulario activo

J **Lógica.** En cada grupo de palabras, subraya aquella que no esté relacionada con el resto.

1. asado	tamborilero	barbacoa	parrillada
2. Día de los Padres	Carnaval	Cuaresma	Miércoles de Ceniza
3. regalos	alegría	ambiente festivo	Día de los Muertos
4. Día del Santo	Noche Buena	Navidad	Día de los Reyes Magos
5. disfraz	desfile	Día de las Madres	Carnaval

K **Palabras cruzadas.** Completa este juego de palabras con el vocabulario activo de esta lección. Para contestar la pregunta al final, completa la frase que sigue, colocando en los espacios en blanco las letras correspondientes a los números indicados.

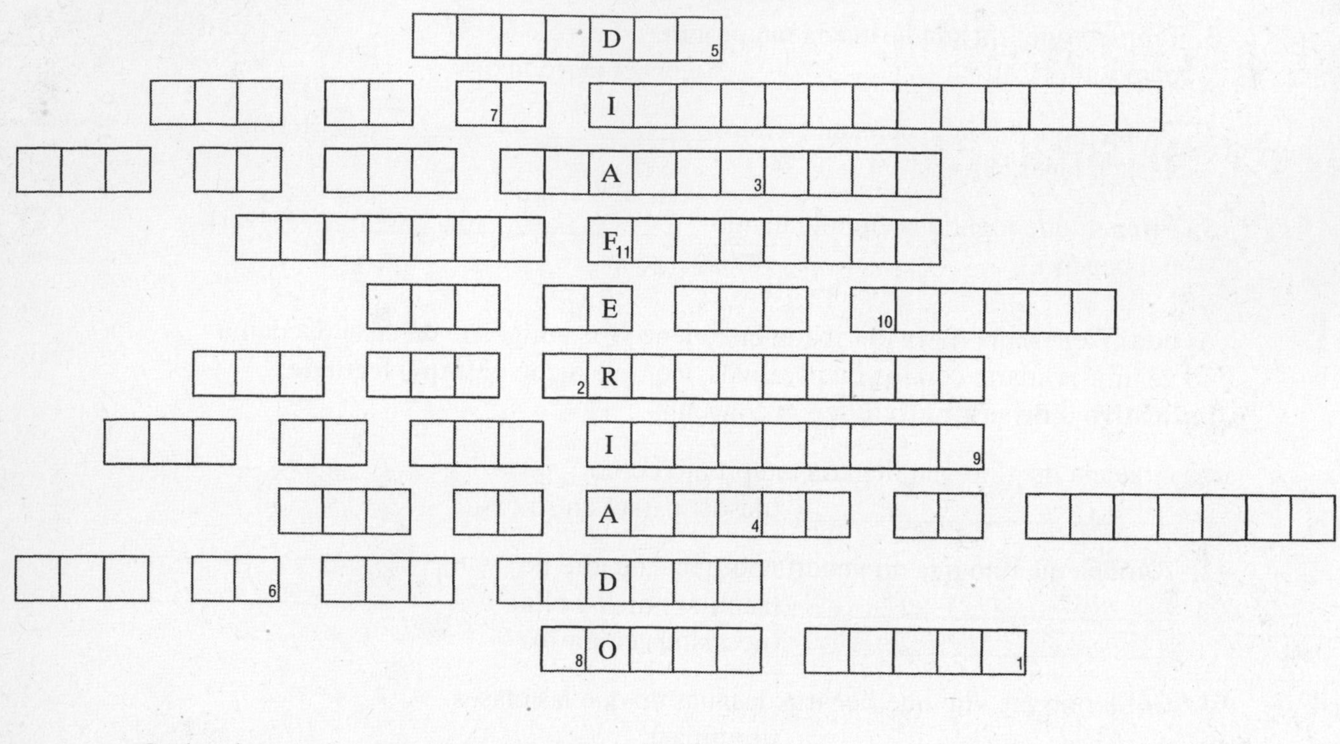

¿Qué es lo más importante en cualquier día feriado?

¡Ten____r ____ ____o____a la ____a____i____ ____a
(6, 1, 2, 5, 11, 10, 7, 4)

p____e____e____te!
(3, 9, 8)

Composición: *comparación*

L **Uruguay y EE.UU.** ¿Qué efecto tendrá el ser el país más pequeño del continente? ¿Cómo ha afectado a Uruguay el ser el más pequeño? ¿Cómo sería diferente EE.UU. si en vez de ser uno de los paises más grandes, fuera uno de los más pequeños de Norteamérica? Haz una comparación entre Uruguay y como sería EE.UU. bajo esas condiciones.

Nombre ______________________ Fecha ____________

Sección ____________

¡A escuchar!

Gente del Mundo 21

A **Dictador paraguayo.** Escucha lo que un estudiante paraguayo le explica a una estudiante estadounidense que se encuentra en Paraguay como parte de un programa del Cuerpo de Paz o *Peace Corps.* Luego marca si cada oración que sigue es **cierta** (C) o **falsa** (F).

C F **1.** Alfredo Stroessner fue un militar que durante treinta y cinco años ocupó la presidencia de Paraguay.

C F **2.** Su gobierno fue uno de los más largos de la historia latinoamericana.

C F **3.** Su padre fue un inmigrante holandés.

C F **4.** Stroessner fue reelegido presidente siete veces después de grandes campañas en las que gastó millones de dólares.

C F **5.** En realidad era un dictador; sólo mantenía las apariencias democráticas.

C F **6.** Stroessner marchó al exilio cuando perdió las elecciones presidenciales de 1989.

Cultura y gramática en contexto

B

Música paraguaya. Escucha el siguiente texto acerca de la música de Paraguay y luego indica si las oraciones que siguen son **ciertas** (**C**) o **falsas** (**F**). Escucha una vez más para verificar tus respuestas.

C F **1.** En Paraguay, la mayoría de la gente habla guaraní.

C F **2.** Los jesuitas les enseñaron a tocar el arpa a los guaraníes.

C F **3.** Los sonidos de la naturaleza son muy comunes en la música paraguaya.

C F **4.** Hay bastante influencia africana en la música guaraní.

C F **5.** La canción "Pájaro campana" cuenta una historia de amor.

C F **6.** "Recuerdos de Ypacaraí" es el nombre de un famoso conjunto musical paraguayo.

C F **7.** No se encuentra influencia de la música argentina en la música de Paraguay.

C

Planes malogrados. El fin de semana pasado llovió y Patricia no pudo salir de excursión. De todos modos, dice lo que habría hecho si hubiera ido. Mientras escuchas, ordena numéricamente los dibujos. Ten en cuenta que algunos dibujos quedarán sin numerar. Escucha una vez más para verificar tus respuestas.

A. __________

B. __________

C. __________

D. __________

E. __________

F. __________

Nombre ____________________ Fecha ____________

Sección ____________

UNIDAD 6

LECCIÓN 3

G. __________ H. __________

D **Una construcción magnífica.** Escucha la siguiente narración acerca de la represa gigante de Itaipú, una central hidroeléctrica sobre el río Paraná. Luego marca si cada oración que sigue es **cierta (C)** o **falsa (F)**. Escucha una vez más para verificar tus respuestas.

C F **1.** En tiempos prehispanos los guaraníes nunca habían construido aldeas en las orillas del río Paraná.

C F **2.** Antes de 1973 los paraguayos deploraban que no se hubiera utilizado la energía hidroeléctrica del río Paraná.

C F **3.** La presa de Itaipú se terminó de construir en 1982, sólo dos años después de que Paraguay y Brasil hubieran firmado un tratado binacional para realizar esta empresa.

C F **4.** Antes de la construcción de esta represa, no se había hecho una construcción tan grande en ninguna parte del planeta.

C F **5.** Paraguay ha podido vender energía hidroeléctrica porque no usa toda la energía que le pertenece.

C F **6.** En el futuro la situación económica de Paraguay no habrá mejorado mucho porque no tiene nuevos proyectos hidroeléctricos.

Pronunciación y ortografía

E **Palabras parónimas:** ***a, ah*** **y** ***ha.*** Estas palabras son parecidas y se pronuncian de la misma manera, pero tienen distintos significados.

- La preposición **a** tiene muchos significados. Algunos de los más comunes son:

  Dirección: Vamos **a** Nuevo México este verano.

  Movimiento: Camino **a** la escuela todos los días.

  Hora: Van a llamar **a** las doce.

  Situación: Dobla **a** la izquierda.

  Espacio de tiempo: Abrimos de ocho **a** seis.

- La palabra **ah** es una exclamación de admiración, sorpresa o pena.

  ¡**Ah,** me encanta! ¿Dónde lo conseguiste?

  ¡**Ah,** eres tú! No te conocí la voz.

  ¡**Ah,** qué aburrimiento! No hay nada que hacer.

- La palabra **ha** es una forma del verbo auxiliar **haber.** Seguido de la preposición **de,** significa **deber de, ser necesario.**

  ¿No te **ha** contestado todavía?

  Ha estado llamando cada quince minutos.

  Ella **ha de** escribirle la próxima semana.

Ahora, al escuchar a los narradores, indica si lo que oyes es la preposición **a,** la exclamación **ah** o el verbo **ha.**

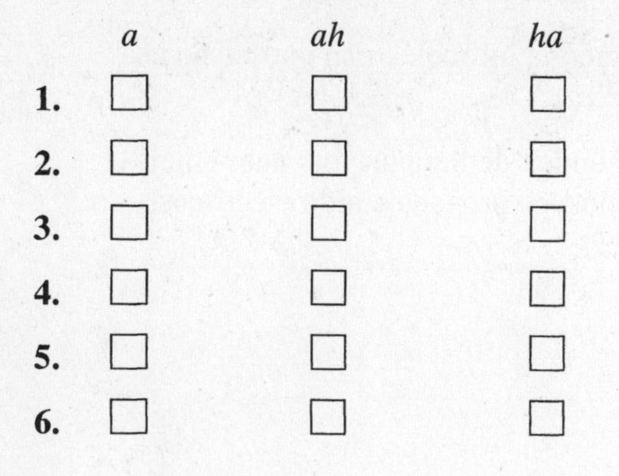

Nombre ______________________ Fecha ____________

Sección ____________

UNIDAD 6

LECCIÓN 3

F **Deletreo.** Al escuchar a los narradores leer las siguientes oraciones, escribe **ha, ah** o **a,** según corresponda.

1. ¿Nadie ____________ hablado con papá todavía?
2. Vienen ____________ averiguar lo del accidente.
3. Creo que salen ____________ Mazatlán la próxima semana.
4. ¿Es para Ernesto? ¡____________, yo pensé que era para ti!
5. No ____________ habido mucho tráfico, gracias a Dios.

G **Dictado.** Escucha el siguiente dictado e intenta escribir lo más que puedas. El dictado se repetirá una vez más para que revises tu párrafo.

Paraguay: la nación guaraní

¡A explorar!

Gramática en contexto

H **Visita a Paraguay.** ¿Qué dice tu amigo sobre la visita de sus padres a Paraguay? Para saberlo, completa el siguiente texto con **el presente perfecto de indicativo** o **de subjuntivo** de los verbos entre paréntesis, según convenga.

Mis padres __________ __________________ (1. visitar) Paraguay dos veces. Dicen que __________ __________________ (2. estar) principalmente en Asunción y lamentan que nunca __________ __________________ (3. poder) ir a Ciudad del Este a visitar la represa de Itaipú, la más grande del mundo. Hasta ahora sólo __________ __________________ (4. aprender) unas cuantas palabras de guaraní, pero dicen que los paraguayos son tan simpáticos que no les __________ __________________ (5. afectar) no saberlo. Están contentos porque __________ __________________ (6. conocer) a una pareja paraguaya con quien __________ __________________ (7. pasear) por varios lugares de Asunción.

I **Escena familiar.** Di lo que había ocurrido cuando llegaste a casa ayer por la noche. Usa el **pluscuamperfecto de indicativo** de los verbos entre paréntesis para completar las oraciones.

MODELO *Cuando llegué a casa, mi abuelita __________ __________________ (acostarse).*

Cuando llegué a casa, mi abuelita se había acostado.

1. Cuando llegué a casa, mi familia __________ __________________ (cenar).
2. Cuando llegué a casa, mi hermanito __________ __________________ (practicar) su lección de piano.
3. Cuando llegué a casa, mi mamá __________ __________________ (ver) su programa de televisión favorito.
4. Cuando llegué a casa, mi papá __________ __________________ (leer) el periódico.
5. Cuando llegué a casa, mi hermana __________ __________________ (salir) con su novio.

Nombre ______________________ Fecha ____________

Sección ____________

UNIDAD 6

LECCIÓN 3

J **Antes del verano.** Los estudiantes dicen lo que habrán hecho antes de que comiencen las próximas vacaciones de verano. Usa el **futuro perfecto** de los verbos entre paréntesis para completar las oraciones.

MODELO *Antes de las vacaciones de verano, yo ya ______________ ______________ (terminar) de pagar el coche.*

Antes de las vacaciones de verano, yo ya habré terminado de pagar el coche.

1. Antes de las vacaciones de verano, Carlos y Marta ya ______________ ______________ (organizar) una fiesta de fin de semestre.
2. Antes de las vacaciones de verano, Mónica ya ______________ ______________ (planear) un viaje a la costa.
3. Antes de las vacaciones de verano, yo ya ______________ ______________ (obtener) un trabajo.
4. Antes de las vacaciones de verano, nosotros ya ______________ ______________ (graduarse).
5. Antes de las vacaciones de verano, tú ya ______________ ______________ (olvidarse) de los estudios.

K **Deseos para el sábado.** El sábado pasado tuviste que ocuparte de tus estudios. Di lo que habrías hecho si no hubieras estado ocupado(a). Usa el **pluscuamperfecto de subjuntivo** y el **condicional perfecto de indicativo.**

MODELO *tener tiempo / escuchar música*
Si hubiera tenido tiempo, habría escuchado música.

1. no estar ocupado(a) / ir a la playa

____

2. no tener que estudiar tanto / asistir a la fiesta de Aníbal

____

3. hacer mi tarea / jugar al vólibol

____

4. terminar de lavar el coche / dar una caminata por el lago

____

5. planearlo con más cuidado / salir de paseo en bicicleta

____

6. estudiar más por la mañana / poder ir al cine por la noche

____

Vocabulario activo

L **Lógica.** En cada grupo de palabras, subraya aquélla que no esté relacionada con el resto.

1. criollo	mestizo	zambo	mulato
2. taíno	incas	náhuatl	guaraní
3. poder político	mestizos	criollos	poder económico
4. papa	cuate	petate	tomate
5. México	aztecas	náhuatl	quechua

Nombre ______________________ Fecha ____________

Sección ______________

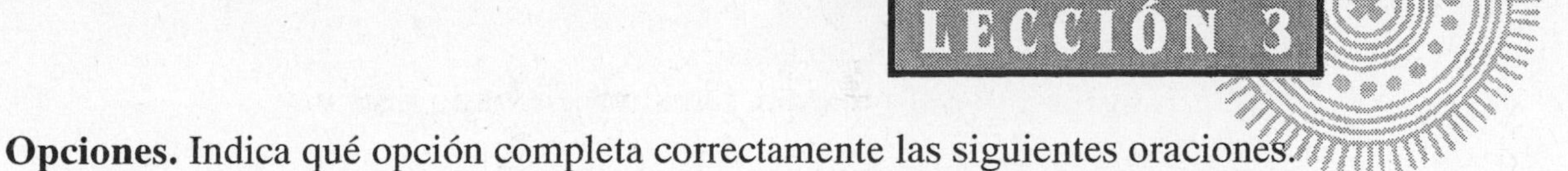

M **Opciones.** Indica qué opción completa correctamente las siguientes oraciones.

1. El taíno es la lengua de los...

a. incas.

b. caribes.

c. tupí-guaraníes.

2. Los incas hablaban...

a. náhuatl.

b. guaraní.

c. quechua.

3. Los mayas y los aztecas eran...

a. criollos.

b. gentes indígenas.

c. mestizos.

4. Los tupí-guaraníes vivían en...

a. la selva brasilera.

b. la zona andina.

c. Mesoamérica.

5. Las palabras **tabaco, caníbal** y **hamaca** vienen al español del...

a. náhuatl.

b. taíno.

c. quechua.

Composición: *comparación*

N **Uruguay y Paraguay.** Un buen amigo tuyo siempre confunde a Uruguay con Paraguay. Tú decides que no vas a estar conforme hasta que este amigo aprenda la diferencia entre los dos países. Por eso, decides hacer una comparación para mandarle a tu amigo. En una hoja en blanco, escribe esta comparación.

Nombre ______________________ Fecha ______________

Sección ______________

¡A escuchar!

Gente del Mundo 21

A **Escritora chilena.** Escucha lo que dicen dos amigas después de asistir a una presentación de una de las escritoras chilenas más conocidas del momento. Luego marca si cada oración que sigue es **cierta (C)** o **falsa (F)**.

C F **1.** El peinado y el vestido juvenil de la escritora chilena Isabel Allende impresionaron mucho a una de las amigas.

C F **2.** Isabel Allende comenzó a escribir en 1981, cuando tenía casi veinte años.

C F **3.** Aunque tienen el mismo apellido, Isabel Allende y Salvador Allende no son parientes.

C F **4.** Su primera novela, titulada *La casa de los espíritus,* ha sido traducida a muchos idiomas, como el inglés y el francés, entre otros.

C F **5.** Dicen que una película basada en la novela *La casa de los espíritus* saldrá en uno o dos años.

C F **6.** Su novela *El plan infinito* tiene lugar en EE.UU., país donde ha vivido por más de diez años.

Cultura y gramática en contexto

B

Isla de Pascua. Escucha el texto sobre la isla de Pascua y luego selecciona la opción que complete correctamente las oraciones que siguen. Escucha una vez más para verificar tus respuestas.

1. La isla de Pascua pertenece a...

a. Chile.

b. Argentina.

c. Inglaterra.

2. La isla tiene forma...

a. cuadrada.

b. ovalada.

c. triangular.

3. Las dos terceras partes de las personas que viven en la isla...

a. viajaron desde el continente.

b. son isleños de origen polinésico.

c. son trabajadores que tienen residencia en Chile.

4. *Moai* es el nombre de...

a. los habitantes de la isla.

b. unas inmensas construcciones de piedra.

c. unos volcanes apagados.

5. La mayoría de los monolitos de piedra miden, como promedio,...

a. entre cinco y siete metros.

b. dos metros.

c. veintiún metros.

Nombre ____________________ Fecha ______________

Sección ______________

UNIDAD 6

LECCIÓN 4

C

Alegría. Romina habla de algunas cosas que le han causado alegría recientemente. Mientras escuchas, ordena numéricamente los dibujos. Ten en cuenta que algunos dibujos quedarán sin numerar. Escucha una vez más para verificar tus respuestas.

A. __________

B. __________

C. __________

D. __________

E. __________

F. __________

G. __________

H. __________

Acentuación y ortografía

D

Palabras parónimas: ***esta, ésta*** **y** ***está.*** Estas palabras son parecidas, pero tienen distintos significados.

- La palabra **esta** es un adjetivo demostrativo que se usa para designar a una persona o cosa cercana.

  ¡No me digas que **esta** niña es tu hija!

  Prefiero **esta** blusa. La otra es más cara y de calidad inferior.

- La palabra **ésta** es pronombre demostrativo. Reemplaza al adjetivo demostrativo y desaparece el sustantivo que se refiere a una persona o cosa cercana.

  Voy a comprar la otra falda; **ésta** no me gusta.

  La de Miguel es bonita, pero **ésta** es hermosísima.

- La palabra **está** es una forma del verbo **estar.**

  ¿Dónde **está** todo el mundo?

  Por fin, la comida **está** lista.

Ahora, al escuchar a los narradores, indica si lo que oyes es el adjetivo demostrativo **esta,** el pronombre demostrativo **ésta** o el verbo **está.**

	esta	*ésta*	*está*
1.	☐	☐	☐
2.	☐	☐	☐
3.	☐	☐	☐
4.	☐	☐	☐
5.	☐	☐	☐
6.	☐	☐	☐

Nombre ______________________ Fecha ____________

Sección ____________

UNIDAD 6

LECCIÓN 4

E

Deletreo. Al escuchar a los narradores leer las siguientes oraciones, escribe el adjetivo demostrativo **esta,** el pronombre demostrativo **ésta** o el verbo **está,** según corresponda.

1. Sabemos que ____________ persona vive en San Antonio, pero no sabemos en qué calle.
2. El disco compacto ____________ en el estante junto con las revistas.
3. Ven, mira. Quiero presentarte a ____________ amiga mía.
4. ¡Dios mío! ¡Vengan pronto! El avión ____________ por salir.
5. Decidieron que ____________ es mejor porque pesa más.
6. No creo que les interese ____________ porque no estará lista hasta el año próximo.

F

Dictado. Escucha el siguiente dictado e intenta escribir lo más que puedas. El dictado se repetirá una vez más para que revises tu párrafo.

El regreso de la democracia

____

____

____

____

____

____

____

____

____

____

____

____

____

____

____

¡A explorar!

Gramática en contexto

G **Lamentos.** Di de qué se lamenta tu amigo Nicolás.

MODELO *Siente que su automóvil ________________________ (tener) problemas mecánicos.*

Siente que su automóvil tenga problemas mecánicos.

1. Siente que sus amigos no ________________________ (invitarlo) a todas las fiestas.
2. Siente que su novia ________________________ (enfadarse) con él a menudo.
3. Siente que sus padres no ________________________ (comprenderlo).
4. Siente que los profesores no ________________________ (darle) muy buenas notas.
5. Siente que su hermana no ________________________ (prestarle) dinero.

H **Viejos lamentos.** Sabes que tu amigo Nicolás siempre se lamenta de algo. Di de qué se lamentaba el año pasado.

MODELO *Sentía que su automóvil ________________________ (tener) problemas mecánicos.*

Sentía que su automóvil tuviera problemas mecánicos.

1. Sentía que sus amigos no ________________________ (invitarlo) a todas las fiestas.
2. Sentía que su novia ________________________ (enfadarse) con él a menudo.
3. Sentía que sus padres no ________________________ (comprenderlo).
4. Sentía que los profesores no ________________________ (darle) muy buenas notas.
5. Sentía que su hermana no ________________________ (prestarle) dinero.

Nombre ______________________ Fecha ______________

Sección ____________

UNIDAD 6

LECCIÓN 4

I **Recomendaciones médicas.** Habla de las recomendaciones permanentes que el médico le hizo a tu papá y de otras más recientes que le hizo la semana pasada.

MODELOS *Le recomienda que ____________________ (hacer) ejercicio.*

Le recomienda que haga ejercicio.

Le recomendó que ____________________ (caminar) dos millas todos los días.

Le recomendó que caminara dos millas todos los días.

1. Le recomienda que ____________________ (hacerse) exámenes médicos periódicos.
2. Le recomendó que ____________________ (volver) a verlo dentro de un mes.
3. Le recomendó que no ____________________ (trabajar) más de treinta horas por semana.
4. Le recomienda que ____________________ (reducir) las horas de trabajo.
5. Le recomienda que ____________________ (comer) con moderación.
6. Le recomendó que ____________________ (disminuir) los alimentos grasos.
7. Le recomendó que ____________________ (usar) muy poca ropa durante el verano.
8. Le recomienda que ____________________ (mantenerse) en forma.
9. Le recomendó que no ____________________ (consumir) alcohol.

J

Opiniones de algunos políticos. Diversos políticos, tanto viejos como nuevos candidatos, expresan opiniones acerca de elecciónes pasadas y futuras. Completa las siguientes oraciones con el **presente de indicativo, imperfecto de subjuntivo** o **pluscuamperfecto de subjuntivo,** según convenga.

MODELOS *Uds. se sentirán satisfechos si ________________ (votar) por mí.*

Uds. se sentirán satisfechos si votan por mí.

Uds. se sentirían satisfechos si ________________ (votar) por mí.

Uds. se sentirían satisfechos si votaran por mí.

Uds. se habrían sentido satisfechos si ________________ ________________ (votar) por mí.

Uds. se habrían sentido satisfechos si hubieran votado por mí.

1. Uds. habrían resuelto el problema del transporte público, si me ________________ ________________ (apoyar).
2. Yo crearé leyes para proteger el ambiente si Uds. me ________________ (elegir).
3. Yo me ocuparía de la salud de todos si ________________ (llegar / yo) al parlamento.
4. Uds. deben votar por mí si ________________ (desear / Uds.) reformar el sistema de impuestos.
5. Yo desarrollaría la industria local si Uds. me ________________ (dar) el voto.
6. Yo habría mejorado las calles de la ciudad si ________________ ________________ (ser / yo) elegido.
7. Yo trataría de conseguir fondos para la educación vocacional si Uds. ________________ (respaldar) mi candidatura.

Nombre _______________________ Fecha _____________

Sección _____________

Vocabulario activo

K **Lógica.** En cada grupo de palabras, subraya aquella palabra o frase que no esté relacionada con el resto.

1. acuerdo	tratado	comercio	convenio
2. diversificar	ampliar	excluir	extender
3. PIB	MERCOSUR	NAFTA	Tratado de Libre Comercio Centroamericano
4. excluir	separar	estar al margen	amplificar
5. zona de libre comercio	competencia de mercados	desarrollo científico	comercio sin fronteras

L **Definiciones.** Indica que opción completa correctamente las sigueintes oranciones.

1. MERCOSUR es...

a. el sueño de Simón Bolívar.

b. un desarrollo científico.

c. un convenio de comercio libre.

2. Un Producto Interno Bruto alto implica...

a. un alto valor de exportaciones.

b. una disminución de los mercados nacionales.

c. problemas con la economía nacional.

3. Argentina, Chile, Brasil, Paraguay, Uruguay y Bolivia son...

a. el PIB de MERCOSUR.

b. los Estados Partes de MERCOSUR.

c. los Estados Partes del Tratado de Libre Comercio de América del Norte.

4. Un resultado de los tratados de libre comercio es...

a. una falta de desarrollo científico y tecnológico en los Estados Partes.

b. un aumento en el Producto Interno Bruto de los Estados Partes.

c. una falta de estabilidad económica en los Estados Partes.

5. En NAFTA participan...

a. Belice, Guayana, Cuba y Haití

b. Argentina, Chile, Brasil, Paraguay, Uruguay y Bolivia

c. México, EE.UU. y Canadá

Composición: *expresar opiniones*

M **Chile, MERCOSUR y el siglo XXI.** Chile es famoso por tener un clima perfecto para el cultivo de frutas como la uva. Por otro lado, también tiene pueblos tan solitarios y aislados como San Pedro de Atacama, en el desierto de Atacama (que tiene fama de ser el más árido del mundo). En tú opinión, ¿de qué beneficios y progresos puede gozar Chile en el siglo XXI al ser un Estado Parte de MERCOSUR? ¿Qué ventajas y desventajas puede traerle a un pueblo como San Pedro de Atacama?

Answer Key

¡A escuchar!

Gente del Mundo 21

A César Chávez.

1. F
2. C
3. F
4. C
5. F

Cultura y gramática en contexto

B Mirando edificios.

1. A
2. A
3. B
4. A
5. B

C Puerto Rico en Nueva York.

1. una
2. una
3. X
4. una
5. X
6. un
7. una

D Los hispanos de Chicago.

1. F
2. C
3. C
4. F
5. F
6. C

Separación en sílabas

F Separación.

1. a / bu / rri / do
2. con / mo / ve / dor
3. do / cu / men / tal
4. a / ven / tu / ras
5. a / ni / ma / do
6. ma / ra / vi / llo / sa
7. sor / pren / den / te
8. mu / si / ca / les
9. di / bu / jos
10. mis / te / rio
11. bo / le / to
12. a / co / mo / da / dor
13. cen / tro
14. pan / ta / lla
15. en / tra / da
16. en / te / ra / do

Acentuación y ortografía

G El "golpe".

es-tu-dian-til
Val-dez
i-ni-cia-dor
ca-si
re-a-li-dad
al-cal-de
re-loj
re-cre-a-cio-nes
o-ri-gi-na-rio
ga-bi-ne-te
pre-mios
ca-ma-ra-da
glo-ri-fi-car
sin-di-cal
o-ri-gen
fe-rro-ca-rril

H Acento escrito.

con-tes-tó
prín-ci-pe
lí-der
an-glo-sa-jón
rá-pi-da
tra-di-ción
e-co-nó-mi-ca
dé-ca-das
do-més-ti-co
ce-le-bra-ción
po-lí-ti-cos
ét-ni-co
in-dí-ge-nas
dra-má-ti-cas
a-grí-co-la
pro-pó-si-to

I Dictado.

Los chicanos

Desde la década de 1970 existe un verdadero desarrollo de la cultura chicana. Se establecen centros culturales en muchas comunidades chicanas y centros de estudios chicanos en las más importantes universidades del suroeste de EE.UU. En las paredes de viviendas, escuelas y edificios públicos se pintan murales que proclaman un renovado orgullo étnico. Igualmente en la actualidad existe un florecimiento de la literatura chicana.

¡A explorar!

Gramática en contexto

J Influencia de las lenguas amerindias.

1. aguacates
2. alpacas
3. cacahuates
4. cacaos
5. caimanes
6. cóndores
7. coyotes
8. iguanas
9. jaguares
10. nopales
11. pumas
12. tomates

K El español y sus variantes.

1. La
2. el
3. X
4. X
5. La
6. (de)l
7. el
8. la

L Edward James Olmos.

1. X
2. un
3. el
4. el
5. la
6. una
7. los
8. la

M Diversiones.

Answers may vary.

1. Gabriel toca la guitarra.
2. Cristina asiste a un partido de básquetbol.
3. Yo monto en bicicleta.
4. Julia y Ricardo cenan en un restaurante de lujo.
5. Tú nadas en la piscina.
6. Jimena y yo corremos por el parque.
7. Los hermanos Ruiz toman sol en la playa.

N Rutina del semestre.

1. estudio
2. trabajo
3. leo
4. hago
5. escucho
6. miro
7. preparo
8. paso
9. gano
10. ahorro
11. echo
12. junto

Vocabulario activo

O Lógica.

1. braceros
2. taquillero
3. espantoso
4. boletería
5. entretenido

P Definiciones.

1. g
2. i
3. f
4. b
5. a
6. j
7. d
8. c
9. h
10. e

¡A escuchar!

Gente del Mundo 21

A Esperando a Rosie Pérez.

1. F
2. C
3. F
4. C
5. F
6. F

Cultura y gramática en contexto

B Planes.

1. C
2. F
3. C
4. F
5. C

C Almuerzo.

1. Sí
2. No
3. Sí
4. Sí
5. No
6. Sí
7. Sí
8. No

D Una profesional.

1. psicóloga
2. veintisiete años
3. Nueva York
4. jóvenes
5. practica el tenis

ANSWER KEY

Acentuación y ortografía

E Diptongos.

bailarina	inaugurar	veinte
Julia	ciudadano	fuerzas
barrio	profesional	boricuas
movimiento	puertorriqueño	científicos
regimiento	premio	elocuente

F Separación en dos sílabas.

escenario	desafío	judío
todavía	taínos	cuatro
cuidadanía	refugiado	país
armonía	categoría	miembros
literaria	diferencia	Raúl

G ¡A deletrear!

1. migratorio
2. caótico
3. garantías
4. iniciado
5. conciencia
6. economía

H Dictado.

Los puertorriqueños en EE.UU.

A diferencia de otros grupos hispanos, los puertorriqueños son ciudadanos estadounidenses y pueden entrar y salir de EE.UU. sin pasaporte o visa. En 1898, como resultado de la guerra entre EE.UU. y España, la isla de Puerto Rico pasó a ser territorio estadounidense. En 1917 los puertorriqueños recibieron la ciudadanía estadounidense. Desde entonces gozan de todos los derechos que tienen los ciudadanos de EE.UU., excepto que no pagan impuestos federales.

¡A explorar!

Gramática en contexto

I Después del desfile.

1. tienen
2. recomiendo
3. Pueden
4. incluye
5. tiene
6. Vuelvo
7. Creo
8. voy
9. tengo
10. pienso
11. pido
12. sigue
13. convence
14. quiero
15. sé
16. sugieren
17. agrada
18. entiendo
19. hacen

J Presentación.

1. Soy
2. tengo
3. quiero
4. satisface
5. voy
6. hago
7. salgo
8. distraigo
9. conduzco
10. tengo
11. Estoy

Vocabulario activo

K Lógica.

1. encantador
2. poeta
3. ensayo
4. divertido
5. incomprensible

L Escritores y sus obras.

1. a
2. d
3. a
4. d
5. b
6. a
7. a
8. c

¡A escuchar!

Gente del Mundo 21

A Actor cubanoamericano.

1. F
2. F
3. C
4. F
5. F
6. C

Cultura y gramática en contexto

B Niños.

1. Nora es buena.
2. Pepe está interesado.
3. Sarita es lista.
4. Carlitos está limpio.
5. Tere está aburrida.

C Mis amigos.

1. Ana
2. Josefina
3. Óscar
4. Lorenzo

D Mi clase de español.

1. colorida
2. distraída
3. respetuosos
4. descorteses

Acentuación y ortografía

E Triptongos.

1. desafiéis
2. Paraguay
3. denunciáis
4. renunciéis
5. anunciéis
6. buey
7. iniciáis
8. averigüéis

F Separación en sílabas.

1. 3
2. 1
3. 1
4. 3
5. 3
6. 4
7. 3
8. 3

G Repaso.

1. filósofo
2. diccionario
3. diptongo
4. número
5. examen
6. cárcel
7. fáciles
8. huésped
9. ortográfico
10. periódico

H Dictado.

Miami: una ciudad hispanohablante

De todos los hispanos que viven en EE.UU., los cubanoamericanos son los que han logrado mayor prosperidad económica. El centro de la comunidad cubana en EE.UU. es Miami, Florida. En treinta años los cubanoamericanos transformaron completamente esta ciudad. La Calle Ocho ahora forma la arteria principal de la Pequeña Habana donde se puede beber el típico café cubano en los restaurantes familiares que abundan en esa calle. El español se habla en toda la ciudad. En gran parte, se puede decir que Miami es la ciudad más rica y moderna del mundo hispanohablante.

¡A explorar!

Gramática en contexto

I Estados de ánimo.

Answers will vary.

1. El tío de Pilar se siente decepcionado.
2. La madre de Pilar se siente sorprendida.
3. La amiga de Pilar se siente preocupada.
4. Un vecino de Pilar se siente contento.
5. Yo me siento...

J Información errónea.

Answers will vary.

1. No, lo cierto es que más de 250.000 dominicanos entraron en EE.UU.
2. No, lo innegable es que la gran mayoría vive en Nueva York.
3. No, lo deprimente es que hay más de 300.000 dominicanos indocumentados.
4. No, lo bueno es que la mayoría de los dominicanos nunca han usado los beneficios del Bienestar Social.
5. No, lo malo es que ellos también sufren la misma discriminación que los afroamericanos.

K Viajeros.

1. Alfonso es de Ecuador, pero ahora está en Uruguay.
2. Pamela es de Argentina, pero ahora está en Perú.
3. Graciela es de Panamá, pero ahora está en Chile.
4. Fernando es de Paraguay, pero ahora está en Bolivia.
5. Daniel es de Colombia, pero ahora está en Paraguay.
6. Yolanda es de México, pero ahora está en Brasil.

L Mujer de negocios.

1. es	**6.** está
2. está	**7.** está
3. Es	**8.** es
4. está	**9.** está
5. Es	

Vocabulario activo

M Sopa de letras.

Músicos:

clarinetista	pianista
flautista	saxofonista
guitarrista	tamborista

Instrumentos:

batería	piano
clarinete	tambor
flauta	trompeta
guitarra	

Respuesta a la pregunta:

Los mejores músicos del mundo: ¡los cubanos!

N Definiciones.

1. c	**6.** i
2. g	**7.** b
3. j	**8.** e
4. a	**9.** f
5. h	**10.** d

ANSWER KEY

UNIDAD 1

LECCIÓN 4

¡A escuchar!

Gente del Mundo 21

A Actor centroamericano.

1. F	**4.** C
2. F	**5.** F
3. F	**6.** F

Cultura y gramática en contexto

B Algunos datos sobre los centroamericanos.

1. C	**4.** C
2. F	**5.** F
3. C	

C ¿Qué fruta va a llevar?

1. A	**4.** C
2. B	**5.** A
3. B	

D Mi familia.

1. A	**4.** B
2. A	**5.** A
3. A	

E Hablando de comida.

1. A	**4.** A
2. B	**5.** B
3. A	

Acentuación y ortografía

F Adjetivos y pronombres demostrativos.

1. Este, aquél	**4.** estos, ésos
2. Aquella, ésa	**5.** esos, éste
3. Ese, éste	

G Palabras interrogativas, exclamativas y relativas.

1. ¿Quién llamó?
   ¿Quién? El muchacho a quien conocí en la fiesta.
2. ¿Adónde vas?
   Voy adonde fui ayer.
3. ¡Cuánto peso! Ya no voy a comer nada.
   ¡Qué exagerada eres, hija! Come cuanto quieras.
4. ¿Quién sabe dónde viven?
   Viven donde vive Raúl.

5. ¡Qué partido más interesante!
   ¿Cuándo vienes conmigo otra vez?
6. Lo pinté como me dijiste.
   ¡Cómo es posible!
7. ¿Trajiste el libro que te pedí?
   ¿Qué libro? ¿El que estaba en la mesa?
8. Cuando era niño, nunca hacía eso.
   Lo que yo quiero saber es, ¿cuándo aprendió?

H Dictado.

Los centroamericanos en EE.UU.

Debido a la gran inestabilidad política y económica en varios países centroamericanos a lo largo de la década de los años 80, grandes números de salvadoreños, nicaragüenses, guatemaltecos y hondureños inmigraron a EE.UU. en busca de una vida mejor. Muchos entraron al país legalmente, bajo el derecho de asilo político otorgado a ciudadanos de países en guerra. Otros tuvieron que hacer un largo y peligroso viaje a través de México y los desiertos de EE.UU. con enorme riesgo personal. En este país, para muchos la vida no ha sido fácil. Un buen número se ha visto forzado a trabajar de campesinos o a aceptar puestos mal remunerados. Sin embargo, los centroamericanos son personas luchadoras y sus esfuerzos para mejorarse los llevan a un futuro más seguro.

¡A explorar!

Gramática en contexto

I Ficha personal.

1. Soy más alto(a) que mi hermana. *o* Mi hermana es menos alta que yo.
2. Soy menos elegante que mi hermana. *o* Mi hermana es más elegante que yo.
3. Trabajo menos (horas) que mi hermana. *o* Mi hermana trabaja más (horas) que yo.
4. Peso más que mi hermana. *o* Mi hermana pesa menos que yo.
5. Voy al cine tanto como mi hermana. *o* Mi hermana va al cine tanto como yo.

J Entrevista.

1. Sí, son amabilísimos.
2. Sí, son escasísimos.
3. Sí, son loquísimos.
4. Sí, es larguísimo.
5. Sí, es eficacísima.

K Juicios exagerados.

1. José Solano es el actor más atlético de Hollywood.
2. Mary Rodas es la mujer de negocios más calificada de la industria de los juguetes.
3. Claudia Smith es la abogada más dedicada de California.
4. Jorge Argueta es el poeta más compasivo de los artistas salvadoreños americanos.
5. Mauricio Cienfuegos es el futbolista más hábil de su equipo.

L En la tienda de discos.

1. este
2. aquella
3. esa
4. esa
5. estos

M ¡De compras en Los Ángeles!

1. ¿Compro esos aretes o este anillo? *o* ¿Compro este anillo o esos aretes?
2. ¿Compro esa cachucha o este sombrero? *o* ¿Compro este sombrero o esa cachucha?
3. ¿Compro ese gato de peluche o este osito de peluche? *o* ¿Compro este osito de peluche o ese gato de peluche?
4. ¿Compro ese libro de ejercicios o este libro de cocina? *o* ¿Compro este libro de cocina o ese libro de ejercicios?
5. ¿Compro ese casete o este disco compacto? *o* ¿Compro este disco compacto o ese casete?

Vocabulario activo

N Lógica.

1. róbalo
2. pavo
3. aves
4. langosta
5. huevo

O A categorizar.

1. e
2. a
3. b
4. c
5. e
6. b
7. a
8. e
9. c
10. d

ANSWER KEY

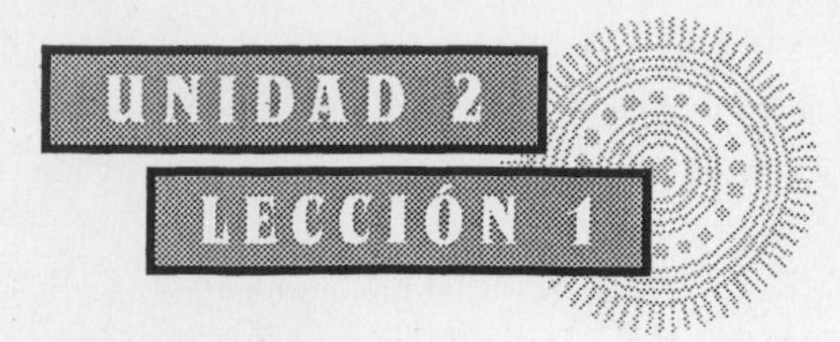

¡A escuchar!

Gente del Mundo 21

A Antes de entrar al cine.

1. F
2. F
3. F
4. F
5. C
6. C

Cultura y gramática en contexto

B Narración confusa.

1. cruzó (Julián)
2. prestó (Julián)
3. presto (Teresa)
4. miró (Julián)
5. miro (Teresa)
6. atropelló (Julián)
7. quedó (Julián)
8. quedo (Teresa)

C Robo en el banco.

1. F
2. C
3. C
4. C
5. F

D Pérez Galdós.

1. c
2. a
3. c
4. c
5. a
6. a

Acentuación y ortografía

E Repaso de acentuación.

1. h é / r o / e
2. i n / v a / s i ó n
3. R e / c o n / q u i s / t a
4. á / r a / b e
5. j u / d í / o s
6. p r o / t e s / t a n / t i s / m o
7. e / f i / c a z
8. i n / f l a / c i ó n
9. a b / d i / c a r
10. c r i / s i s
11. s e / f a r / d i / t a s
12. é / p i / c o
13. u / n i / d a d
14. p e / n í n / s u / l a
15. p r ó s / p e / r o
16. i m / p e / r i o
17. i s / l á / m i / c o
18. h e / r e n / c i a
19. e x / p u l / s i ó n
20. t o / l e / r a n / c i a

F Acento escrito.

1. El sábado tendremos que ir al médico en la Clínica Luján.
2. Mis exámenes fueron fáciles, pero el examen de química de Mónica fue muy difícil.
3. El joven de ojos azules es francés, pero los otros jóvenes son puertorriqueños.
4. Los López, los García y los Valdez están contentísimos porque se sacaron la lotería.
5. Su tía se sentó en el jardín a descansar mientras él comía.

G Dictado.

La España musulmana

En el año 711, los musulmanes procedentes del norte de África invadieron Hispania y cinco años más tarde, con la ayuda de un gran número de árabes, lograron conquistar la mayor parte de la península. Establecieron su capital en Córdoba, la cual se convirtió en uno de los grandes centros intelectuales de la cultura islámica. Fue en Córdoba, durante esta época, que se hicieron grandes avances en las ciencias, las letras, la artesanía, la agricultura y el urbanismo.

¡A explorar!

Gramática en contexto

H Habitantes de la Península Ibérica.

1. habitaron
2. dejaron
3. llegaron
4. recibieron
5. establecieron
6. aportaron
7. destacaron
8. inventaron
9. fundaron
10. incorporaron
11. predominaron
12. recibió

I Alfonso X el Sabio.

1. vivió
2. Nació
3. falleció
4. Gobernó
5. Subió
6. terminó
7. Favoreció
8. Reunió
9. realizaron
10. Escribió
11. Ayudó
12. edificó

J Lectura.

1. abrí
2. inicié
3. Leí
4. creyó
5. percibió
6. trató
7. escuchó
8. corrió
9. atacó
10. agitó
11. derribaron
12. pareció
13. causó

Vocabulario activo

K Crucigrama.

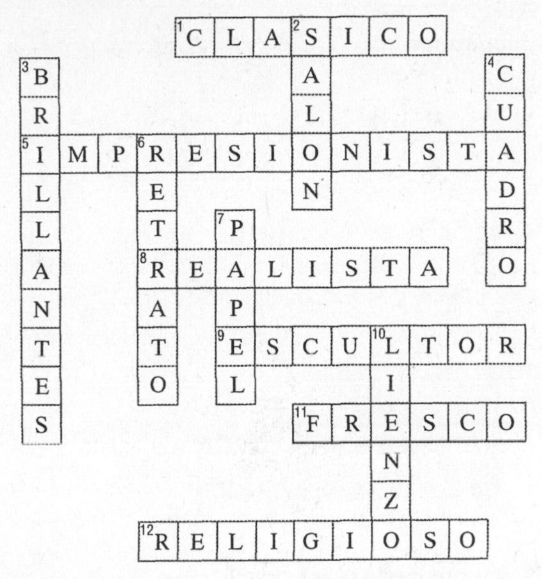

L Lógica.

1. rotulador
2. barroco
3. llamativo
4. cartón
5. gótico

UNIDAD 2
LECCIÓN 2

¡A escuchar!

Gente del Mundo 21

A Elena Poniatowska.

1. C
2. F
3. F
4. F
5. C

Cultura y gramática en contexto

B Hernán Cortés.

1. b
2. c
3. a
4. a
5. c

C Gustos en televisión.

1. A
2. A
3. A
4. D
5. D
6. D
7. A

D Ayer.

1. A
2. C
3. C
4. A
5. C
6. A
7. C

Acentuación y ortografía

E Palabras que cambian de significado.

1.	crítico	critico	criticó
2.	dialogo	dialogó	diálogo
3.	domesticó	doméstico	domestico
4.	equivoco	equívoco	equivocó
5.	filósofo	filosofó	filosofo
6.	líquido	liquido	liquidó
7.	numero	número	numeró
8.	pacifico	pacificó	pacífico
9.	publico	público	publicó
10.	transitó	tránsito	transito

F Acento escrito.

1. Hoy publico mi libro para que lo pueda leer el público.
2. No es necesario que yo participe esta vez; participé el sábado pasado.
3. Cuando lo magnifico con el microscopio, pueden ver lo magnífico que es.
4. No entiendo cómo el cálculo debe ayudarme cuando calculo.
5. Pues ahora yo critico todo lo que el crítico criticó.

G Dictado.

México: tierra de contrastes

Para cualquier visitante, México es una tierra de contrastes: puede apreciar montañas altas y valles fértiles, así como extensos desiertos y selvas tropicales. En México, lo más moderno convive con lo más antiguo. Existen más de cincuenta grupos indígenas, cada uno con su propia lengua y sus propias tradiciones culturales. Pero en la actualidad la mayoría de los mexicanos son mestizos, o sea, el resultado de la mezcla de indígenas y españoles. De la misma manera que su gente, la historia y la cultura de México son muy variadas.

¡A explorar!

H Octavio Paz.

1. Octavio Paz recibió el Premio Nobel de Literatura en 1990.
2. Octavio Paz conoció a otros poetas distinguidos como Pablo Neruda y Vicente Huidobro.
3. Octavio Paz escribió artículos en diversas revistas y periódicos.

4. La Fundación Cultural Octavio Paz ayudó a escritores con premios y becas.
5. Los críticos apreciaron mucho a este escritor extraordinario.

I Preguntas.

1. Sí, lo leí. *o* No, no lo leí.
2. Sí, las busqué. *o* No, no las busqué.
3. Sí, las contesté. *o* No, no las contesté.
4. Sí, los busqué. *o* No, no los busqué.
5. Sí, alcancé a terminarlo. *o* No, no alcancé a terminarlo.
6. Sí, se lo conté a alguna compañera. *o* No, no se lo conté a ninguna compañera.
7. Sí, me lo explicas a mi satisfacción. *o* No, no me explicas a mi satisfacción.

J Reacciones de amigos.

1. A Yolanda le encantó la transformación del señor.
2. A las hermanas Rivas les entristeció la mala fortuna del protagonista.
3. A Gabriel le sorprendió el final del cuento.
4. A Enrique le molestó la reacción de la recepcionista en las oficinas del periódico.
5. A mí me gustaron mucho las letrashormiga.
6. A David le impresionó el final.
7. A todos nosotros nos interesó el cuento.

K Los gustos de la familia.

Answers may vary.

1. Al bebé le encanta el biberón.
2. A mi mamá le fascina armar rompecabezas.
3. A mi hermana le fascina tocar el piano.
4. Al gato le gusta dormir en el sofá.
5. A mi papá le gusta mirar programas deportivos en la televisión.
6. A mí me gusta / encanta / fascina...

Vocabulario activo

L Sopa de letras.

Vertical	Horizontal
berenjena	espinacas
zanahoria	chayote
lechuga	epazote
calabaza	pimientos
espárragos	alcachofa

Diagonal

cebolla	apio
champiñones	brócoli
nopal	calabacitas
rábano	elotes
ajo	pepino

Respuesta a la pregunta:

¡El regateo es una parte de la cultura diaria y no un juego!

M Sinónimos.

1. f	6. c
2. d	7. i
3. j	8. b
4. a	9. e
5. h	10. g

¡A escuchar!

Gente del Mundo 21

A Luis Muñoz Marín.

1. C	3. C	5. F
2. F	4. C	

B Elecciones dominicanas.

1. F	4. F
2. C	5. F
3. F	

Cultura y gramática en contexto

C ¡Qué desastre!

1. c	4. a
2. a	5. c
3. c	6. a

D El Club de Español.

1. ser	4. ver
2. atraer	5. poder
3. haber	

Pronunciación y ortografía

E Guía para el uso de la letra *c*.

1. /s/	6. /s/
2. /s/	7. /k/
3. /k/	8. /k/
4. /k/	9. /s/
5. /k/	10. /k/

F Deletreo con la letra *c*.

1. escenario
2. asociado
3. colono
4. denominación
5. gigantesco
6. caña
7. presencia
8. acelerado
9. petroquímico
10. farmacéutico

G Dictados.

La cuna de América

El 6 de diciembre de 1492, Cristóbal Colón descubrió una isla que sus habitantes originales, los taínos, llamaban Quisqueya. Con su nuevo nombre de La Española, dado por Colón, la isla se convirtió en la primera colonia española y cuna del imperio español en América.

Estado Libre Asociado de EE.UU.

En 1952 la mayoría de los puertorriqueños aprobó una nueva constitución que garantizaba un gobierno autónomo, el cual se llamó Estado Libre Asociado (ELA) de Puerto Rico. Bajo el ELA, los residentes de la isla votan por su gobernador y sus legisladores estatales y a su vez mandan un comisionado a Washington, D.C. para que lo represente.

¡A explorar!

Gramática en contexto

H Fue un día atípico.

Answers may vary slightly.

1. Pero ayer consiguió un lugar lejos del trabajo.
2. Pero ayer se sintió muy mal.
3. Pero ayer se durmió.
4. Pero ayer no se concentró y se distrajo.
5. Pero ayer no tuvo tiempo para almorzar.
6. Pero ayer no resolvió los problemas de la oficina.
7. Pero ayer regresó temprano a casa.

I El sueño de una vida.

1. Soñó
2. obtuvo
3. fue
4. jugó
5. dio
6. salió
7. repitieron
8. tuvo
9. puso
10. convirtió
11. anduvo
12. pudo
13. fue

Vocabulario activo

J Asociaciones.

1. c
2. g
3. j
4. i
5. a
6. b
7. d
8. f
9. e
10. h

K Lógica.

1. montar a caballo
2. hacer windsurf
3. árbitro
4. pelota
5. beisbolista

¡A escuchar!

Gente del Mundo 21

A Reconocido artista cubano.

1. F
2. F
3. F
4. F
5. C
6. F

Cultura y gramática en contexto

B Domingos del pasado.

1. F
2. C
3. F
4. C
5. F

C Robo.

1. c
2. a
3. c
4. b
5. a

D ¿Sueño o realidad?

1. F
2. C
3. F
4. C
5. C
6. F
7. F

Pronunciación y ortografía

E Los sonidos /k/ y /s/.

1. /k/
2. /k/
3. /s/
4. /s/
5. /s/
6. /k/
7. /k/, /s/
8. /s/, /k/
9. /k/, /k/
10. /s/

ANSWER KEY

F Deletreo de los sonidos /k/ y /s/.

1. capitanía
2. opresión
3. bloquear
4. fuerza
5. resolver
6. oligarquía
7. surgir
8. comunista
9. urbanizado
10. coronel

G Dictado.

El proceso de independencia de Cuba

Mientras que la mayoría de los territorios españoles de América lograron su independencia en la segunda década del siglo XIX, Cuba, junto con Puerto Rico, siguió siendo colonia española. El 10 de octubre de 1868 comenzó la primera guerra de la independencia cubana, que duraría diez años y en la cual 250.000 cubanos iban a perder la vida. En 1878 España consolidó nuevamente su control sobre la isla y prometió hacer reformas. Sin embargo, miles de cubanos que lucharon por la independencia salieron en exilio.

¡A explorar!

Gramática en contexto

H Exageraciones paternas.

1. era
2. vivíamos
3. me levantaba
4. alimentaba
5. teníamos
6. me arreglaba
7. tomaba
8. salía
9. estaba
10. había
11. debía
12. era
13. hacía
14. nevaba
15. necesitaba

I Actividades de verano.

1. Lola y Arturo tomaban sol.
2. Los hijos de Benito nadaban en la piscina.
3. Marcela y unos amigos andaban a caballo.
4. Carlitos acampaba en las montañas.
5. Gloria practicaba esquí acuático.
6. Yo...

J Discrepancias.

1. No me gustaría visitar ni Guantánamo ni Pinar del Río.
2. No me gustaría visitar La Habana tampoco.
3. No quiero aprender nada acerca de la música cubana.
4. Nunca me ha interesado la música cubana.
5. No he leído ningún artículo interesante acerca de Ibrahim Ferrer y el Buena Vista Social Club.

K ¿Qué le pasará?

1. nadie
2. nunca
3. ni, ni
4. ningún

Vocabulario activo

L Descripciones.

1. g
2. j
3. f
4. a
5. b
6. i
7. h
8. c
9. d
10. e

M Lógica.

1. chequere
2. güiro
3. salado
4. maracas
5. sabroso

¡A escuchar!

Gente del Mundo 21

A La ex-Presidenta de Nicaragua.

1. F
2. F
3. C
4. C
5. C

Cultura y gramática en contexto

B Historia de dos ciudades.

1. c
2. a
3. b
4. a
5. c

C Un presidente aventurero.

1. a
2. c
3. c
4. b
5. b

Pronunciación y ortografía

D Guía para el uso de la letra *z*.

1. zorro
2. venganza
3. fortaleza
4. azúcar
5. fuerza
6. garantizar
7. lanzador
8. forzado
9. mezclar
10. nacionalizar

ANSWER KEY

E Deletreo con la letra *z*.

1. golpazo
2. escasez
3. Álvarez
4. González
5. golazo
6. pereza
7. garrotazo
8. López
9. espadazo
10. rigidez

F Dictado.

El proceso de la paz en Nicaragua

En noviembre de 1984 Daniel Ortega, líder del Frente Sandinista, fue elegido presidente de Nicaragua. Seis años más tarde fue derrotado en elecciones libres por la candidata de la Unión Nacional Opositora, Violeta Barrios de Chamorro. El gobierno de Chamorro logró la pacificación de los contras, reincorporó la economía nicaragüense al mercado internacional y reanudó lazos de amistad con EE.UU. En 1997, Chamorro entregó la presidencia a Arnoldo Alemán Lecayo, quien había vencido a Daniel Ortega, el candidato sandinista, en elecciones democráticas. Desde entonces se vio un mejoramiento en la economía del país debido a la exportación de azúcar y la liberalización del intercambio internacional. Desafortunadamente, la devastación del huracán Mitch en 1998 forzó al gobierno a concentrarse en la reconstrucción del país al pasar al siglo XXI.

¡A explorar!

Gramática en contexto

G Datos sobre Nicaragua.

1. vivía
2. descubrieron
3. fueron
4. ocupaban
5. tenía
6. gobernó
7. derrotó

H Fuimos al cine.

1. estábamos
2. decidimos
3. estaban
4. fuimos
5. gustó
6. hizo
7. preparaba
8. interpretó
9. respetó
10. entregó
11. fuimos
12. dijo
13. gustaba

Vocabulario activo

I Lógica.

1. carretera
2. camioneta
3. buque
4. sin escalas
5. pedal

J Relación.

1. h
2. a
3. f
4. j
5. i
6. b
7. d
8. e
9. c
10. g

¡A escuchar!

Gente del Mundo 21

A Lempira.

1. F
2. F
3. F
4. C
5. F
6. C

Cultura y gramática en contexto

B Los mayas.

1. Sí
2. No
3. Sí
4. No
5. No
6. Sí
7. No

C Las ruinas de Copán.

1. a
2. b
3. b
4. c
5. a

Pronunciación y ortografía

D Guía para el uso de la letra *s*.

1. asumir
2. acusar
3. victorioso
4. siglo
5. sandinista
6. abuso
7. serie
8. asalto
9. depresión
10. sociedad

E Deletreo con la letra *s*.

1. pianista
2. cordobés
3. explosión
4. perezoso
5. parisiense
6. gaseosa
7. leninismo
8. confusión
9. posesivo
10. periodista

F Dictado.

La independencia de Honduras

Como provincia perteneciente a la Capitanía General de Guatemala, Honduras se independizó de España en 1821. Como el resto de los países centroamericanos, se incorporó al efímero imperio mexicano de Agustín de Iturbide y formó parte de la federación de las Provincias Unidas de Centroamérica. En la vida política de la federación sobresalió el hondureño Francisco Morazán, que fue elegido presidente en 1830 y 1834. El 5 de noviembre de 1838 Honduras se separó de la federación y proclamó su independencia.

¡A explorar!

Gramática en contexto

G Tormenta.

Answers may vary.

1. Yo manejaba (conducía) por la ciudad cuando empezó a llover.
2. Nosotros caminábamos por el río cuando empezó a llover.
3. Nosotros jugábamos al béisbol cuando empezó a llover.
4. Yo entraba al banco cuando empezó a llover.
5. Nosotros conversábamos cuando empezó a llover.

H Tiempo loco.

Answers may vary.

1. El martes, cuando llegué a casa, hacía mucho calor.
2. El miércoles, cuando llegué a la universidad, hacía viento.
3. El jueves, cuando salí de clase, estaba nublado.
4. El viernes, cuando salí de la biblioteca, llovía (estaba lloviendo).
5. El sábado, cuando llegué a la biblioteca, nevaba (estaba nevando).
6. El domingo, cuando jugué al golf, hacía (estaba) fresco.

Vocabulario activo

I Relación.

1. ingreso
2. invertir
3. incrementar
4. compañía
5. acciones

J La economía global.

Horizontal

contratar
controlar
aumentar
crédito
ingreso
tasa
importar
inversión

Vertical

invertir
empleo
país
proveer
empresa
exportar
desempleo
beneficio
presupuesto

Diagonal

incrementar
acción
obrera
bolsa
inversionista

Las compañías multinacionales traen: ¡buenos salarios y nueva tecnología!

¡A escuchar!

Gente del Mundo 21

A Arzobispo asesinado.

1. F
2. C
3. F
4. F
5. F
6. C

Cultura y gramática en contexto

B Tarea incompleta.

1. No
2. No
3. Sí
4. No
5. Sí
6. Sí
7. Sí
8. Sí
9. No

C ¿Nicaragüense o salvadoreña?

1. a
2. a
3. c
4. b
5. b

Pronunciación y ortografía

D Los sonidos /g/ y /x/.

1. /x/
2. /g/
3. /x/
4. /g/
5. /g/
6. /x/
7. /x/
8. /g/
9. /x/
10. /g/

ANSWER KEY

E Deletreo de los sonidos /g/ y /x/.

1. gobernante
2. embajada
3. golpe
4. surgir
5. juego
6. tragedia
7. guerra
8. prestigioso
9. frijol
10. agencia

F Dictado.

El proceso de la paz en El Salvador

En 1984 el presidente de El Salvador, José Napoleón Duarte, inició negociaciones por la paz con el FMLN. En 1986, San Salvador sufrió un fuerte terremoto que ocasionó más de mil víctimas. Pero más muertos causó, sin embargo, la continuación de la guerra civil. Alfredo Cristiani, elegido presidente en 1989, firmó en 1992 un acuerdo de paz con el FMLN después de negociaciones supervisadas por las Naciones Unidas. Así, después de una guerra que causó más de 80.000 muertos y paralizó el desarrollo económico, el país se propone garantizar la paz que tanto le ha costado.

¡A explorar!

Gramática en contexto

G Hechos recientes.

1. Cambié mi estéreo por una bicicleta.
2. Estudié para mi examen de historia.
3. Caminé por el parque central.
4. Llamé a mi amigo Rubén por teléfono.
5. Compré un regalo para mi novio(a).
6. Leí un libro interesante por dos horas.
7. Fui a la biblioteca para consultar una enciclopedia.

H De prisa.

1. Por
2. para
3. para
4. por
5. Por
6. por
7. para

I Atleta.

1. para
2. por
3. por
4. por
5. Para
6. para

Vocabulario activo

J Palabras cruzadas.

ALCALDE
LEGISLADOR
INDEPENDIENTE
GOBERNADOR
DIPUTADO
REPUBLICANO
REPRESENTANTE
DEMOCRATA
SENADOR

K Lógica.

1. nacionalista
2. gobernar
3. gobernador
4. postula
5. derechos universales

¡A escuchar!

Gente del Mundo 21

A Miguel Ángel Asturias.

1. F
2. C
3. F
4. C
5. F
6. C

Cultura y gramática en contexto

B Una vida difícil.

1. F
2. C
3. F
4. F
5. C
6. C

C Inés y su hermana.

1. su hermana
2. Inés
3. Inés
4. su hermana
5. su hermana
6. Inés

D Sugerencias para una vida larga.

1. Sí
2. No
3. Sí
4. No
5. Sí
6. No
7. Sí

Pronunciación y ortografía

E Pronunciación de letras problemáticas: *b* y *v*.

1. S
2. S
3. F
4. F
5. S
6. F
7. S
8. F

ANSWER KEY

F Deletreo con la *b* y la *v*.

Regla Nº 1:

1. **br**isa
2. alam**br**e
3. **bl**anco
4. **bl**oque
5. **bl**usa
6. ca**bl**e
7. co**br**e
8. **br**uja

Regla Nº 2:

1. so**mb**ra
2. e**nv**iar
3. ta**mb**or
4. i**nv**encible
5. i**nv**entar
6. e**mb**lema
7. e**nv**enenar
8. ru**mb**o

Regla Nº 3:

1. **ob**tener
2. **sub**marino
3. **ab**soluto
4. **bis**nieto
5. **ab**stracto
6. **ad**vertir
7. **ob**servatorio
8. **ad**verbio

G Dictado.

La civilización maya

Hace más de dos mil años los mayas construyeron pirámides y palacios majestuosos, desarrollaron el sistema de escritura más completo del continente y sobresalieron por sus avances en las matemáticas y la astronomía. Así, por ejemplo, emplearon el concepto del cero en su sistema de numeración y crearon un calendario más exacto que el que se usaba en la Europa de aquel tiempo. La civilización maya prosperó primero en las montañas de Guatemala y después se extendió hacia la península de Yucatán, en el sureste de México y Belice.

¡A explorar!

Gramática en contexto

H Mi familia.

1. Mi
2. mi
3. nuestros
4. Mis / Nuestros
5. Mi / Nuestro
6. su
7. Su

I Preferencias.

1. ¿Y la tuya?
2. ¿Y las tuyas?
3. ¿Y los tuyos?
4. ¿Y el tuyo?
5. ¿Y la tuya?

J Resoluciones.

1. Papá volvió a jugar al golf.
2. Mamá se decidió a correr.
3. Mi hermanita aprendió a nadar.
4. Los mellizos aprendieron a escalar rocas.
5. Yo... (*Answers will vary.*)

Vocabulario activo

K Derechos básicos.

1. b, c
2. a, c
3. b, c
4. a, b
5. a, c

L Lógica.

1. discriminación
2. derechos
3. leyes
4. pensamiento
5. raza

¡A escuchar!

Gente del Mundo 21

A Político costarricense.

1. C
2. F
3. F
4. C
5. F

Cultura y gramática en contexto

B Costa Rica.

1. b
2. a
3. b
4. c
5. a

C Encargos.

Fig. A: –	**Fig. E:** 5
Fig. B: 4	**Fig. F:** 2
Fig. C: 1	**Fig. G:** –
Fig. D: –	**Fig. H:** 3

D Un mes de desastres ecológicos.

1. A
2. B
3. B
4. A
5. B

Pronunciación y ortografía

E Guía para el uso de la letra *x*.

1. /s/
2. /s/
3. /ks/
4. /s/
5. /ks/
6. /s/
7. /ks/
8. /s/
9. /ks/
10. /s/

F Deletreo con la letra *x*.

1. expulsar
2. exagerar
3. explosión
4. crucifixión
5. extraño
6. reflexión
7. examinar
8. extranjero
9. exterior
10. exiliado

G Dictado.

Costa Rica: país ecológico

Debido a la acelerada deforestación de las selvas que cubrían la mayor parte del territorio de Costa Rica, se ha establecido un sistema de zonas protegidas y parques nacionales. En proporción a su área, es ahora uno de los países que tiene más zonas protegidas (el 26 por ciento del territorio tiene algún tipo de protección, el 8 por ciento está dedicado a parques nacionales). Estados Unidos, por ejemplo, ha dedicado a parques nacionales solamente el 3,2 por ciento de su superficie.

¡A explorar!

Gramática en contexto

H El coche de la profesora.

1. usado
2. fabricado
3. importado
4. instaladas
5. preferido

I Obligaciones pendientes.

1. he hablado
2. ha ido
3. hemos escrito
4. han resuelto
5. hemos organizado
6. ha visto
7. han hecho

J Datos sobre Costa Rica.

1. La creación de parques nacionales se inició en Costa Rica en 1970.
2. Muchas investigaciones ecológicas se hacen en Costa Rica.
3. El medio ambiente se respeta en Costa Rica.
4. El ejército se disolvió en 1949.
5. El presupuesto militar se dedicó a la educación.

K Historia de Costa Rica.

1. En Costa Rica, muchos tributos eran recogidos por tres colonias militares aztecas en 1502.
2. En 1574, Costa Rica fue integrada a la Capitanía General de Guatemala por los españoles.
3. Las pronunciadas desiguadades sociales de otros países centroamericanos nunca fueron sufridas por los colonos españoles.
4. La independencia de la Capitanía General de Guatemala fue proclamada por el capitán general español Gabino Gaínza, en 1821.
5. La independencia absoluta fue proclamada por los costarricenses el 31 de agosto de 1848.

Vocabulario activo

L Costa Rica.

1. parques nacionales
2. reservas biológicas
3. zonas protegidas

Respuesta a la pregunta:

Conciencia ecológica

M Relación.

1. h
2. e
3. a
4. i
5. j
6. b
7. d
8. c
9. g
10. f

¡A escuchar!

Gente del Mundo 21

A Un cantante y político.

1. C
2. C
3. F
4. C
5. F

Cultura y gramática en contexto

B Los cunas.

1. b
2. a
3. c
4. c
5. a

C Órdenes.

Fig. A: 3
Fig. B: 4
Fig. C: 1
Fig. D: 2
Fig. E: 6
Fig. F: 5

D Discurso político.

1. No
2. Sí
3. Sí
4. No
5. Sí
6. Sí
7. No

ANSWER KEY

Pronunciación y ortografía

E Guía para el uso de la letra *j*.

1. **ju**nta
2. fran**ja**
3. extran**je**ro
4. lengua**je**
5. via**je**ro
6. homena**je**
7. porcenta**je**
8. **ja**bón
9. tra**je**
10. **Ja**lisco

F Deletreo con la letra *j*.

1. conse**jero**
2. redu**jeron**
3. di**jo**
4. relo**jería**
5. mensa**je**
6. condu**jimos**
7. paisa**je**
8. relo**jero**
9. tra**jiste**
10. mane**jaron**

G Deletreo del sonido /x/.

1. ori**g**en
2. **j**ugador
3. tradu**j**eron
4. reco**j**imos
5. le**g**ítimo
6. traba**j**adora
7. e**j**ército
8. exi**g**en
9. con**g**estión
10. encruci**j**ada

H Dictado.

La independencia de Panamá y la vinculación con Colombia

Panamá permaneció aislada de los movimientos independentistas ya que su único medio de comunicación por barco estaba controlado por las autoridades españolas. La independencia se produjo sin violencia cuando una junta de notables la declaró en la ciudad de Panamá el 28 de noviembre de 1821, que se conmemora como la fecha oficial de la independencia de Panamá. Pocos meses más tarde, Panamá se integró a la República de la Gran Colombia junto con Venezuela, Colombia y Ecuador.

¡A explorar!

Gramática en contexto

I Futuras vacaciones.

1. Ojalá no llueva todo el tiempo.
2. Ojalá tenga tiempo para visitar Panamá Viejo y San Felipe.
3. Ojalá consiga boletos para el Teatro Nacional.
4. Ojalá pueda viajar por el canal.
5. Ojalá haya conciertos de música popular.
6. Ojalá aprenda a bailar merengue.
7. Ojalá alcance a ver algunos museos.
8. Ojalá visitemos las islas San Blas.
9. Ojalá encuentre unas molas hermosas.
10. Ojalá me divierta mucho.

J Plátanos maduros fritos.

1. Elija plátanos grandes y no muy verdes.
2. Pélelos.
3. Córtelos a lo largo.
4. Fríalos en aceite.
5. Ponga atención y no los queme.
6. Sáquelos cuando estén ligeramente dorados.

K Recomendaciones.

1. Entrénate
2. faltes
3. llegues
4. Concéntrate
5. Haz
6. Sal
7. Acuéstate
8. te desanimes

L Consejos.

1. Hagan una lectura rápida del texto.
2. Lean el texto por lo menos dos veces.
3. Tomen notas.
4. Resuman brevemente la lección.
5. No hagan la terea a medias; háganla toda.
6. No dejen los estudios hasta el último momento antes de un examen.
7. Organícense en grupos de estudios de vez en cuando.

Vocabulario activo

M Relación.

1. puntadas
2. cuero
3. cerámica
4. aguja
5. barro

N Crucigrama.

Vertical

1 cinturón
3 vidriería
4 tallado
5 tijeras
6 cestería
10 diseños

Horizontal

2 vidrio
7 alfarería
8 soplar
9 tejer
11 molas
12 coser
13 telas

¡A escuchar!

Gente del Mundo 21

A Premio Nobel de Literatura.

1. C	**3.** F	**5.** F
2. F	**4.** C	**6.** C

Cultura y gramática en contexto

B La Nueva Catedral de Sal.

1. a	**4.** c
2. a	**5.** b
3. b	

C El sueño del Libertador.

1. Sí	**3.** No	**5.** No
2. Sí	**4.** Sí	**6.** No

Pronunciación y ortografía

E Pronunciación de *ge* y *gi*.

1. obli**gar**	**6.** ne**go**ciar
2. **go**bierno	**7.** **gigan**tesco
3. **gu**erra	**8.** presti**gi**oso
4. prote**ger**	**9.** **gra**vemente
5. sa**gra**do	**10.** exa**ge**rar

F Deletreo con la letra *g*.

1. **geo**logía	**6.** **legí**timo
2. enco**ger**	**7.** **güera**
3. sur**gir**	**8.** **exigir**
4. **gené**tica	**9.** **geo**grafía
5. ele**gir**	**10.** **legis**lador

G Dictado.

Guerra de los Mil Días y sus efectos

Entre 1899 y 1903 tuvo lugar la más sangrienta de las guerras civiles colombianas, la Guerra de los Mil Días, que dejó al país exhausto. En noviembre de ese último año, Panamá declaró su independencia de Colombia. El gobierno estadounidense apoyó esta acción pues facilitaba considerablemente su plan de abrir un canal a través del istmo centroamericano. En 1914 Colombia reconoció la independencia de Panamá y recibió una compensación de veinticinco millones de dólares por parte de Estados Unidos.

¡A explorar!

Gramática en contexto

H Vida de casados.

1. Es esencial que se respeten mutuamente.
2. Es recomendable que sean francos.
3. Es mejor que compartan las responsabilidades.
4. Es necesario que se tengan confianza.
5. Es preferible que ambos hagan las tareas domésticas.
6. Es bueno que ambos puedan realizar sus ambiciones profesionales.
7. Es normal que se pongan de acuerdo sobre asuntos financieros.
8. Es importante que se comuniquen sus esperanzas y sus sueños.

I Reacciones.

Answers will vary slightly.

1. Es bueno que Enrique busque trabajo.
2. Es una lástima que Gabriela esté enferma.
3. Es sorprendente que Javier reciba malas notas.
4. Me alegra que Yolanda trabaje como voluntaria en el hospital.
5. Es triste que Lorena no participe en actividades extracurriculares.
6. Es malo que Gonzalo no dedique muchas horas al estudio.
7. Es estupendo que a Carmela le interese la música caribeña.
8. Me alegra que Marta nos consiga boletos para el concierto de los Aterciopelados.
9. Siento que a Javier no le guste la música de Shakira.

J Explicación posible.

Answers will vary.

1. Es probable que duerma poco.
2. Es posible que no estudie mucho.
3. Es posible que no le guste su trabajo.
4. Es probable que se levante tarde.
5. Es probable que esté demasiado cansado.
6. Es posible que no esté en casa.

K Esperanzas, recomendaciones o sugerencias.

Answers will vary.

1. Te aconsejo que te acuestes más temprano.
2. Sugiero que estudies más.
3. Te ruego que vayas al trabajo todos los días.
4. Te pido que seas más puntual.
5. Prefiero que no seas tan distraído.
6. Espero que contestes mis llamadas.

Vocabulario activo

L Lógica.

1. cumbia
2. boleros
3. la música romántica
4. bailarín
5. bambucos

M Definiciones.

1. g
2. b
3. e
4. a
5. i
6. h
7. c
8. f
9. d

¡A escuchar!

Gente del Mundo 21

A Carolina Herrera.

1. F
2. C
3. F
4. C
5. C

Cultura y gramática en contexto

B Colonia Tovar.

1. Sí
2. No
3. No
4. Sí
5. Sí
6. Sí
7. No
8. Sí

C Señorita Venezuela.

1. C
2. F
3. C
4. C
5. F

Pronunciación y ortografía

D Guía para el uso de la letra *h*.

1. **he**redar
2. pro**hi**bir
3. re**hu**sar
4. **hi**erro
5. **hue**lga
6. **ho**stilidad
7. ve**he**mente
8. **hé**roe
9. ex**ha**lar
10. **ho**rmiga

E Deletreo con la letra *h*.

1. **hecto**gramo
2. **helio**terapia
3. **hidro**soluble
4. **hosp**edar
5. **hidro**stática
6. **hipo**tensión
7. **hectó**grafo
8. **hosp**italizar
9. **hexa**gonal
10. **hipo**teca

F Dictado.

El desarrollo industrial

En la década de los 60, Venezuela alcanzó un gran desarrollo económico que atrajo a muchos inmigrantes de Europa y de otros países sudamericanos. En 1973 los precios del petróleo se cuadruplicaron como resultado de la guerra árabe-israelí y de la política de la Organización de Países Exportadores de Petróleo (OPEP), de la cual Venezuela era socio desde su fundación en 1960. En 1976 el presidente Carlos Andrés Pérez nacionalizó la industria petrolera, lo que proveyó al país de mayores ingresos que permitieron impulsar el desarrollo industrial.

¡A explorar!

Gramática en contexto

G Explicaciones.

1. que
2. que (el cual)
3. que
4. quien
5. que
6. que (la cual)
7. cuyos

H Juguetes.

1. Éstos son los soldaditos de plomo que mi tío Rubén me compró en Nicaragua.
2. Éste es el balón que uso para jugar al básquetbol.
3. Éstos son los títeres con los que (con los cuales) juego a menudo.
4. Éste es el coche eléctrico que me regaló mi papá el año pasado.
5. Éstos son los jefes del ejército delante de los cuales desfilan mis soldaditos de plomo.

Vocabulario activo

I Lógica.

1. pavo
2. alce
3. conejo
4. girasol
5. zafiro

J Ejemplos.

1. d
2. g
3. f
4. e
5. b
6. h
7. a
8. c

¡A escuchar!

Gente del Mundo 21

A Un cantante peruano.

1. C
2. F
3. F
4. C
5. F
6. F

Cultura y gramática en contexto

B Perú precolombino.

1. Sí
2. Sí
3. No
4. Sí
5. Sí
6. No

C Pequeña empresa.

1. Sí
2. No
3. Sí
4. Sí
5. No
6. No

Pronunciación y ortografía

D Guía para el uso de la letra *y*.

1. /y/
2. /i/
3. /y/
4. /y/
5. /i/
6. /y/
7. /i/
8. /i/
9. /y/
10. /y/

E Deletreo con la letra *y*.

1. **ay**unas
2. **hay**
3. **cayendo**
4. **bueyes**
5. **huyan**
6. Paraguay
7. **reyes**
8. **ay**acuchano
9. **vayan**
10. **ay**udante

F Dictado.

Las grandes civilizaciones antiguas de Perú

Miles de años antes de la conquista española, las tierras que hoy forman Perú estaban habitadas por sociedades complejas y refinadas. La primera gran civilización de la región andina se conoce con el nombre de Chavín y floreció entre los años 900 y 200 a.C. en el altiplano y la zona costera del norte de Perú. Después siguió la cultura mochica, que se desarrolló en una zona más reducida de la costa norte de Perú. Los mochicas construyeron las dos grandes pirámides de adobe que se conocen como Huaca del Sol y Huaca de la Luna. Una extraordinaria habilidad artística caracteriza las finas cerámicas de los mochicas.

¡A explorar!

Gramática en contexto

G Profesiones ideales.

1. permita
2. haya
3. gane
4. requiera
5. pueda

H Fiesta de disfraces.

1. sea
2. es
3. va
4. dé
5. parezca
6. tenga

I Deseos y realidad.

Opinions will vary.

1. La gente pide gobernantes que reduzcan la inflación.
   La gente elige gobernantes que no se preocupan por la inflación.
2. La gente pide gobernantes que eliminen la violencia.
   La gente elige gobernantes que son parte de la violencia.
3. La gente pide gobernantes que atiendan a la clase trabajadora.
   La gente elige gobernantes que sólo atienden a los ricos.
4. La gente pide gobernantes que obedezcan la constitución.
   La gente elige gobernantes que ignoran totalmente la constitución.
5. La gente pide gobernantes que den más recursos para la educación.
   La gente elige gobernantes que no dan nada a la educación.
6. La gente pide gobernantes que hagan reformas económicas.
   La gente elige gobernantes que deciden gastar más y más.
7. La gente pide gobernantes que construyan más carreteras.
   La gente elige gobernantes que ignoran los problemas de transportación.

Vocabulario activo

J El cuerpo humano.

a. los ojos
b. la oreja
c. los labios
d. el mentón
e. el brazo
f. el pecho
g. el codo
h. la muñeca
i. la mano
j. los dedos
k. la rodilla
l. la pantorrilla
m. el tobillo
n. la cabeza
o. la nariz
p. la boca
q. el cuello
r. el hombro
s. la espalda
t. el estómago
u. la cintura
v. la cadera
w. el muslo
x. la pierna
y. el pie

K Antónimos.

1. f
2. d
3. a
4. g
5. c
6. h
7. b
8. e

¡A escuchar!

Gente del Mundo 21

A Artista ecuatoriano.

1. F
2. C
3. F
4. C
5. C
6. C

Cultura y gramática en contexto

B Otavalo.

1. C
2. F
3. F
4. C
5. C
6. C
7. F

C Tareas domésticas.

1. G
2. D
3. A
4. E
5. B

Pronunciación y ortografía

E Deletreo con la agrupación *ll*.

1. rabi**llo**
2. torre**cilla**
3. pilon**cillo**
4. torti**lla**
5. rastri**llo**
6. coneji**llo**
7. marti**llo**
8. ladri**llo**
9. pajari**llo**
10. pieci**llo**

F Deletreo con la letra *y* y la agrupación *ll*.

1. ori**ll**a
2. **y**erno
3. ma**y**oría
4. bata**ll**a
5. le**y**es
6. caudi**ll**o
7. semi**ll**a
8. ensa**y**o
9. pesadi**ll**a
10. gua**y**abera

G Dictado.

Época más reciente

A partir de 1972, cuando se inició la explotación de sus reservas petroleras, Ecuador tuvo un acelerado desarrollo industrial. Desafortunadamente, ya para 1982 los ingresos del petróleo empezaron a disminuir. En 1987 un terremoto destruyó parte de la línea principal de petróleo, lo cual afectó aún más a la economía. En enero de 2000, un golpe de estado dirigido por elementos militares e indígenas depuso al presidente y entregó el poder a Gustavo Noboa. En el campo económico, Ecuador cambió el sucre por el dólar en marzo de 2000.

¡A explorar!

Gramática en contexto

H ¿Cuándo es mejor casarse?

1. terminen
2. se gradúen
3. tengan
4. estén
5. sientan

I Mañana ocupada.

1. me levante
2. regrese
3. tomo
4. termine
5. juega
6. complete
7. llegue
8. llega

J Visita al médico.

1. sea
2. permita
3. quiero
4. diga
5. siento
6. tenga

Vocabulario activo

K Lógica.

1. bálsamo
2. cardiólogo
3. pulverizador
4. resfriado
5. antidepresivo
6. hierba

L Sinónimos.

1. c
2. g
3. h
4. b
5. a
6. d
7. f
8. e

¡A escuchar!

Gente del Mundo 21

A Escritora y activista boliviana.

1. C
2. F
3. C
4. C
5. C
6. C

Cultura y gramática en contexto

B El lago Titicaca.

1. c
2. a
3. b
4. b
5. a

C Actividades del sábado.

Fig. A: –
Fig. B: 1
Fig. C: 4
Fig. D: –
Fig. E: 3
Fig. F: 5
Fig. G: 2
Fig. H: –

D Sueños.

Fig. A: 3
Fig. B: –
Fig. C: 2
Fig. D: 1
Fig. E: –
Fig. F: 5
Fig. G: –
Fig. H: 4

Pronunciación y ortografía

E Guía para el uso de la *r* y la agrupación *rr*.

1. /r̃/
2. /r̃/
3. /r̆/
4. /r̆/
5. /r̃/
6. /r̃/
7. /r̃/
8. /r̆/
9. /r̃/, /r̆/
10. /r̆/

F Deletreo con los sonidos /r̆/ y /r̃/.

1. territorio
2. Enriqueta
3. irreverente
4. prosperar
5. ferrocarril
6. revolución
7. interrumpir
8. fuerza
9. serpiente
10. enriquecerse

G Deletreo de palabras parónimas.

1. pero / perro
2. corral / coral
3. ahorra / ahora
4. para / parra
5. cerro / cero
6. hiero / hierro
7. caro / carro
8. forro / foro

H Dictado.

Las consecuencias de la independencia en Bolivia

La independencia trajo pocos beneficios para la mayoría de los habitantes de Bolivia. El control del país pasó de una minoría española a una minoría criolla muchas veces en conflicto entre sí por intereses personales. A finales del siglo XIX, las ciudades de Sucre y La Paz se disputaron la sede de la capital de la nación. Ante la amenaza de una guerra civil, se optó por la siguiente solución: la sede del gobierno y el poder legislativo se trasladaron a La Paz, mientras que la capitalidad oficial y el Tribunal Supremo permanecieron en Sucre.

¡A explorar!

Gramática en contexto

I Deportes.

Answers may vary.

1. Nadaré en la piscina municipal.
2. Levantaré pesas.
3. Miraré un partido de béisbol.
4. Jugaré al tenis.
5. Pasearé en mi bicicleta.

J ¿Quién será?

1. ¿Vendrá de otro país?
2. ¿Hablará español muy rápido?
3. ¿Sabrá hablar inglés?
4. ¿Podrá entender lo que nosotros decimos?
5. ¿Tendrá nuestra edad?

6. ¿Nos dará una charla?
7. ¿Le gustarán los deportes?

K Próxima visita.

1. iría
2. enviaría
3. tendría
4. saldría
5. visitaría

L Ausencia.

1. ¿Necesitaría ocuparse de su hermanito?
2. ¿Creería que la reunión era otro día?
3. ¿No podría salir del trabajo a esa hora?
4. ¿Tendría una emergencia?
5. ¿Se le descompondría el coche?

Vocabulario activo

M Lógica.

1. volantes
2 gafas
3. lunares
4. tallas
5. encaje
6. bufandas

N Opciones.

1. c
2. a
3. c
4. b
5. b

¡A escuchar!

Gente del Mundo 21

A Escritor argentino.

1. C
2. F
3. C
4. F
5. F
6. F

Cultura y gramática en contexto

B El tango.

1. c
2. b
3. a
4. c
5. b

C Abuelos tolerantes.

Fig. A: 3
Fig. B: 5
Fig. C: –
Fig. D: 2
Fig. E: 1
Fig. F: 4
Fig. G: –
Fig. H: –

Pronunciación y ortografía

D Palabras parónimas: *ay* y *hay*.

1. hay
2. ay
3. ay
4. hay que
5. hay

E Deletreo.

1. Hay que
2. ¡Ay!
3. hay
4. ¡Ay!
5. hay

F Dictado.

La era de Perón

Como ministro de trabajo, el coronel Juan Domingo Perón se hizo muy popular y cuando fue encarcelado en 1945, las masas obreras consiguieron que fuera liberado. En 1946, tras una campaña en la que participó muy activamente su segunda esposa, María Eva Duarte de Perón, más conocida como Evita, Perón fue elegido presidente con el 55 por ciento de los votos. Durante los nueve años que estuvo en el poder, desarrolló un programa político denominado justicialismo, que incluía medidas en las que se mezclaba el populismo (política que busca apoyo en las masas con acciones muchas veces demagógicas) y el autoritarismo (imposición de decisiones antidemocráticas).

¡A explorar!

Gramática en contexto

G Padres descontentos.

1. distribuyera
2. leyera
3. ayudara
4. pusiera
5. me peleara

H Vida poco activa.

1. Jugaría al golf si tuviera dinero para el equipo.
2. Iría a pescar si viviera más cerca del río.
3. Correría por el parque si pudiera hacerlo con unos amigos.
4. Iría a acampar si soportara dormir sobre el suelo.
5. Me metería en una balsa si supiera nadar.

I Temores.

1. Pensábamos que alguien podría enfermarse.
2. Temíamos que el vuelo fuera cancelado.
3. Dudábamos que todos llegaran al aeropuerto a la hora correcta.
4. Estábamos seguros de que alguien olvidaría el pasaporte.
5. Temíamos que un amigo cambiara de opinión a última hora y decidiera no viajar.

J Coches.

1. daba
2. partía
3. hacía
4. fuera
5. estuviera
6. gastara
7. pidiera

Vocabulario activo

K Lógica.

1. derrota
2. árbitro
3. entrenador
4. mediocampista
5. expulsar

L Definiciones.

1. a
2. c
3. a
4. b
5. c

¡A escuchar!

Gente del Mundo 21

A Escritor uruguayo.

1. F
2. F
3. F
4. C
5. F
6. C

Cultura y gramática en contexto

B La música nacional de Uruguay.

1. F
2. C
3. C
4. F
5. C
6. F

C Excursión.

Fig. A: –
Fig. B: –
Fig. C: 5
Fig. D: –
Fig. E: 2
Fig. F: 3
Fig. G: 1
Fig. H: 4

Acentuación y ortografía

D Palabras parecidas.

1. **el** artículo definido
   él pronombre sujeto
2. **mí** pronombre personal
   mi adjetivo posesivo
3. **de** preposición
   dé forma verbal
4. **se** pronombre reflexivo
   sé forma verbal
5. **mas** conjunción
   más adverbio de cantidad
6. **té** sustantivo
   te pronombre personal
7. **si** conjunción
   sí adverbio afirmativo
8. **aun** adjetivo
   aún adverbio de tiempo
9. **sólo** adverbio de modo
   solo adjetivo

E ¿Cuál corresponde?

1. Éste es **el** material que traje para **él.**
2. ¿**Tú** compraste un regalo para **tu** prima?
3. **Mi** amigo trajo este libro para **mí.**
4. Quiere que le **dé** café **de** México.
5. No **sé** si él **se** puede quedar a comer.
6. **Si** llama, dile que **sí** lo acompañamos.

F Dictado.

Uruguay: la "Suiza de América" en recuperación

En la década de los 20, Uruguay conoció un período de tanta prosperidad económica y estabilidad institucional que comenzó a ser llamado la "Suiza de América". Desafortunadamente, este país, el más pequeño de Sudamérica y uno de los más democráticos, no ha logrado recuperar esa fama ni en la segunda midad del siglo XX ni a principios del siglo XXI. Un golpe de estado en 1933 inició un período de represión política que duró más de diez años. En 1973, volvió una junta de militares y civiles a reprimir toda forma de oposición representada por la prensa, los partidos políticos o los sindicatos. Los once años de gobierno militar devastaron la economía y más de 300.000 uruguayos salieron del país por razones económicas o políticas. Hoy día en el siglo XXI, la economía uruguaya sigue siendo castigada por el contagio de la crisis en Argentina.

¡A explorar!

Gramática en contexto

G Invitación rechazada.

1. Ernestina dijo que iría con tal de que no tuviera que salir con una amiga.
2. Sergio dijo que vería la obra en caso de que el patrón no lo llamara para trabajar esa noche.

3. Pilar dijo que saldría conmigo con tal de que yo invitara a su novio también.
4. Pablo dijo que no saldría de su cuarto sin que el trabajo de investigación quedara terminado.
5. Rita dijo que me acompañaría a menos que su madre la necesitara en casa.

H Promesas.

1. me bañara / me arreglara
2. me entregara
3. leyera
4. terminara
5. volviera

I Ayuda.

1. se desocupara
2. se sentía / necesitaba
3. terminaran
4. trabajaba
5. comenzaran
6. hicieran

Vocabulario activo

J Lógica.

1. tamborilero
2. Día de los Padres
3. Día de los Muertos
4. Día del Santo
5. Día de las Madres

K Palabras cruzadas.

NAVIDAD
DÍA DE LA INDEPENDENCIA
DÍA DE LOS ENAMORADOS
PASCUAS FLORIDAS
DÍA DE LAS MADRES
DÍA DEL TRABAJADOR
DÍA DE LOS INOCENTES
DÍA DE ACCIÓN DE GRACIAS
DÍA DE LOS PADRES
NOCHE BUENA

¡Tener a toda la familia presente!

¡A escuchar!

Gente del Mundo 21

A Dictador paraguayo.

1. C
2. C
3. F
4. F
5. C
6. F

Cultura y gramática en contexto

B Música paraguaya.

1. C
2. C
3. C
4. F
5. F
6. F
7. C

C Planes malogrados.

Fig. A: 4
Fig. B: –
Fig. C: 1
Fig. D: 3
Fig. E: 5
Fig. F: –
Fig. G: –
Fig. H: 2

D Una construcción magnífica.

1. F
2. C
3. F
4. C
5. C
6. F

Pronunciación y ortografía

E Palabras parónimas: *a, ah* y *ha*.

1. ha
2. a
3. ah
4. a
5. ha
6. ah

F Deletreo.

1. ha
2. a
3. a
4. Ah
5. ha

G Dictado.

Paraguay: la nación guaraní

Paraguay se distingue de otras naciones latinoamericanas por la persistencia de la cultura guaraní mezclada con la hispánica. La mayoría de la población paraguaya habla ambas lenguas: el español y el guaraní. El guaraní se emplea como lenguaje familiar, mientras que el español se habla en la vida comercial. El nombre de Paraguay proviene de un término guaraní que quiere decir "aguas que corren hacia el mar" y que hace referencia al río Paraguay que, junto con el río Uruguay, desemboca en el Río de la Plata.

¡A explorar!

Gramática en contexto

H Visita a Paruguay.

1. han visitado
2. han estado
3. hayan podido
4. han aprendido
5. ha afectado

6. han conocido
7. han paseado

I Escena familiar.

1. había cenado
2. había practicado
3. había visto
4. había leído
5. había salido

J Antes del verano.

1. habrán organizado
2. habrá planeado
3. habré obtenido
4. nos habremos graduado
5. te habrás olvidado

K Deseos para el sábado.

1. Si no hubiera estado ocupado(a), habría ido a la playa.
2. Si no hubiera tenido que estudiar tanto, habría asistido a la fiesta de Aníbal.
3. Si hubiera hecho mi tarea, habría jugado al volibol.
4. Si hubiera terminado de lavar el coche, habría dado una caminata por el lago.
5. Si lo hubiera planeado con más cuidado, habría salido de paseo en bicicleta.
6. Si hubiera estudiado más por la mañana, habría podido ir al cine por la noche.

Vocabulario activo

L Lógica.

1. criollo
2. incas
3. mestizos
4. papa
5. quechua

M Opciones.

1. b
2. c
3. b
4. a
5. b

¡A escuchar!

Gente del Mundo 21

A Escritora chilena.

1. F
2. F
3. F
4. F
5. F
6. C

Cultura y gramática en contexto

B Isla de Pascua.

1. a
2. c
3. b
4. b
5. a

C Alegría.

Fig. A: –
Fig. B: 1
Fig. C: 4
Fig. D: 5
Fig. E: 2
Fig. F: –
Fig. G: 3
Fig. H: –

Acentuación y ortografía

D Palabras parónimas: *esta, ésta* y *está.*

1. ésta
2. está
3. esta
4. esta
5. ésta
6. está

E Deletreo.

1. esta
2. está
3. esta
4. está
5. ésta
6. ésta

F Dictado.

El regreso a la democracia

A finales de la década de los 80, Chile gozó de una intensa recuperación económica. En 1988 el gobierno perdió un referéndum que habría mantenido a Pinochet en el poder hasta 1996. De 1990 a 1994, el presidente Patricio Aylwin, quien fue elegido democráticamente, mantuvo la exitosa estrategia económica del régimen anterior, pero buscó liberalizar la vida política. En diciembre de 1993 fue elegido presidente Eduardo Frei Ruiz-Tagle, hijo del presidente Eduardo Frei Montalva, quien gobernó Chile de 1964 a 1970. Chile se ha constituido en un ejemplo latinoamericano donde florecen el progreso económico y la democratización del país.

¡A explorar!

Gramática en contexto

G Lamentos.

1. lo inviten
2. se enfade
3. lo comprendan
4. le den
5. le preste

H Viejos lamentos.

1. lo invitaran
2. se enfadara
3. lo comprendieran
4. le dieran
5. le prestara

I Recomendaciones médicas.

1. se haga
2. volviera
3. trabajara
4. reduzca
5. coma
6. disminuyera
7. usara
8. se mantenga
9. consumiera

J Opiniones de algunos políticos.

1. hubieran apoyado
2. eligen
3. llegara
4. desean
5. dieran
6. hubiera sido
7. respaldaran

Vocabulario activo

K Lógica.

1. comercio
2. excluir
3. PIB
4. amplificar
5. desarrollo científico

L Definiciones.

1. c
2. a
3. b
4. b
5. c

ANSWER KEY